送给爱子 ALAN

作者近影

◎妮歌 著

安妮私语 上卷

Anni siyu

团结出版社

图书在版编目（ＣＩＰ）数据

安妮私语 / 妮歌著. -- 北京 ：团结出版社，2012.7
ISBN 978-7-80214-712-6

Ⅰ．①安… Ⅱ．①妮… Ⅲ．①散文集－中国－当代 Ⅳ．①I267

中国版本图书馆 CIP 数据核字(2012)第 157668 号

出　版：团结出版社

　　　　（北京市东城区东皇城根南街 84 号　　邮编：100006）

电　话：(010) 65228880　65244790

网　址：http://www.tjpress.com

E-mail：65244790@163.com

经　销：全国新华书店

印　刷：三河市东方印刷有限公司

装　订：大厂恒兴印装有限公司

开　本：140X203 毫米　　　1/16

印　张：20.25

字　数：216 千字

版　次：2012 年 7 月　第 1 版

印　次：2012 年 7 月　第 1 次印刷

书　号：978-7-80214-712-6/I・708

定　价：68.00 元（上下册）

前　言

谁不曾在别人的生命里停留

谁不曾在月下悄悄地叹息

谁没有过莫名的惆怅

谁能读懂，爱在时光里划过的痕迹

妮歌

2012.5

❋ 上 卷 ❋

I 温柔的倾诉

目录
CONTENTS

下 卷

Ⅱ 所谓伊人 在水一方

Ⅲ 只有香如故

安妮私语

Annie siyu

温柔的倾诉

温柔的伤感

把地球的维度缩短

就能摸到你的脊背

把太阳的温度升高

就能感到你温暖的拥抱

小雨加雪是今晚的天气预报

昨天的伤感堆积着

如秋田里的枯草

站在山边的小溪旁

感觉你的温柔和忧伤

冰雨时常在秋冬父季时来到

屋檐下的冰凌闪耀着美丽的幻影

温柔的微笑

玫瑰在远方开放

彩蝶环绕着一朵鸡冠花起舞

香艳的脂粉未能迷惑花的眼睛

心中有一朵玫瑰静静地开放在远方

温馨的柔情耕耘着心中的花香

抱着风柔软的身躯

飞向遥远的玫瑰

眼前玫瑰花瓣飞扬

微 笑

攀上崎岖的山路

采摘甜美的野葡萄

路边有等候的小草

还有小河里鱼儿虾儿的欢跳

秋雨过后

葡萄欣然坠落

热烈地亲吻泥土

与落叶相拥

绽露微笑

悠闲时光

沐浴着湖风慢慢醒来

一杯香浓的咖啡让人静静地回味

晨雾已经飘散

小草上仍然挂着晶莹的露珠

宽松的休闲衣衫相伴悠然的心情

懒散的笑意如蝴蝶般落入屋外的花丛

窗上的纱帘轻盈地在风中舞动

带来柔软的相思之情

梦中会讲故事的青蛙跃上湖面

昨晚的萤火虫在梦中留下了点点星光

时间一分一秒地从指尖滑过

远方的水手弹奏着甜甜的乡谣

忘　记

下雪了

雪落下

遮盖住初冬的羞涩

白茫茫的田野

雪花独自芬芳

开放

忘记细雨里的相遇

记忆和雪花一起融化

很久没有你的消息

梦里也不再与你相遇

忘记就像雪花飘落

无声无息

田野上的花

带着泥土的芳香

你即将开放

花瓣伸展

淡漠了秋的遗憾

田野上的花

默默地开放

花朵上露珠闪亮

映照出一个太阳

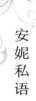

安妮私语

微笑的早晨

当人们还在熟睡的时候

早晨悄悄地来临

微笑着走过窗前

摇曳轻柔纱幔

那晚的光环如神灵般在梦里出现

早晨的微笑清晰了梦境的美感

胸前的珠串

望海

晨光里浪花飞转

那一年的冬天

滑雪的季节
虽然还未见到真正的冬雪
心中的雪已经落满山冈

很想与你再一次在雪中相遇
就像那一年的冬天一样
好想与你一起从雪山上滑落
任雪花迷住双眼
让心情飞舞欢畅

不再恋爱

丢失了对你的感情
好像空旷的原野上没有一棵树
好像蔚蓝的大海上没有一朵浪花

已经淡漠了的思念
流放在秋风中的情感
请不要回来

一个人走在山水间
轻松地来去
不再恋爱

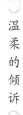

情感的断层

心中有一片湖水没有波澜

眼前一片空白没有炊烟

在心灵的某处有一个断层

无法与感情相通

萍水相逢

陶然心情

路

最终要自己走

有灯塔的照明就不会迷失方向

一寸心

心有多大

方寸间可以让爱发芽

爱有多深

瞬间四季变换无穷

张开快乐的翅膀

爱情大过天

骑在骏马的背上

情感就能与心一起奔驰在无边的草原

很久没有你的消息

秋叶在冬雪中逐渐变得苍白

脆脆的碎片

温柔已经不在

雪花代替了瑟瑟的颤抖

幻化出妖娆的灵性

在雪花经过的地方

只有冰冷的花瓣

几只大雁早已乘着温暖的气流南去

身边是冬季

很久都没有听到你的消息

伤 疤

心中一片茫然
好像忘记了什么
又好像记住的太多

当思念慢慢离去
留下的不是吻痕
而是伤疤

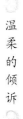

温柔的倾诉

冬 雨

刚刚发出国内等待的
迟迟未写的稿件

舒展心情
和你一起倾听冬夜里的雨声

无雪的冬天灿烂了心中的春意
阳光小雨带来了海水的思念

蓝天下有我的笑脸
夜色中有你温馨的呼唤

回 忆

白色的大地埋藏着春天的消息

走在松软的雪地上

重温过去的记忆

点点滴滴都是雪花的美丽

风在哪里

雪就到哪里

冬天是春风的过去

惊鸿一瞥当然是你年轻的笑容

翠绿中的雨滴

朋 友

闭上双眼只有山花烂漫

记住你的好是一生的幸福

忘记争吵

忘记以前的泪水和烦恼

眼前只有你浪漫的注视

还有那个有点坏坏的笑

你是我人生中几乎完美的朋友

好像来自普罗旺斯的幻想

走出你的世界

不是我想要的结果

接受过你

就要将你仔细地珍藏

最　爱

平安夜驱车北上

来到保存在心中的地方

熟悉的楼房

甜蜜的记忆

最最美好的时光

黑暗和寒冷中

久久地凝望那座建筑

心依然甜美如初

爱就像娇嫩的花朵在心里永远开放

开放在沙漠

早晨醒来

阴天

却没有飘雪

地上的残雪也消失了

想起那段在沙漠中的日子

干燥、无雨、阳光灿烂

笑容时常在眼前浮现

爱装满心的每一个空间

酷热、黄沙、荒芜

只有你我在沙海上跳舞

雪花开放在沙漠

身后留下爱情的舞步

雪 夜

雪还在下
柔软的雪在眼前飘落
纷纷扬扬

雪夜如白昼般亮
几个孩子在路边与自己堆积的雪人合影
大人们在清扫屋前的积雪
带着轻松悠闲的心情

静谧的院落在雪中闪着星星点点的光亮
生机盎然的绿色与白雪交融成雪夜的诗歌
这样的夜晚
有雪相伴
岁月在雪花的脉络里再现

你又一次回到我的身边
像壁炉里的火焰一样温暖
你好吗
这些年
静悄悄的雪夜
你熟悉的声音在耳边回旋

冰雪之门

跟着雪花在冬天的田野上

寻找一个冰封的地方

存下爱的记忆

冷藏自己

风雪里深埋着一段记忆

想你时

打开冰雪之门

爱

就回到心里

梦　境

昨晚第一次梦到你

在很多年以后

思念终于涂抹出一段激情

漂染了梦境

话不多

可是能够读懂你的眼睛

一尺长的光阴里你已经变得有些陌生

路灯缠绵

夜色冷淡

梦里的阳光使我眯起双眼

才能把你带回从前

铺开温馨的月光

情

便洒满卧室的空间

梦外的田野上

诗歌浪漫轻扬

神秘的微笑

无论何时

那微笑

少年的微笑

在眼前重现

我都会不顾一切地飞奔到你的身边

忘记布满荆棘的路面

忘记可以深埋心灵的空间

一次次坠入陷阱

喘息着

呻吟着

却一次又一次地重复昨天

雨落下冲刷着记忆的路

荆棘连接蓝天

我不能再穿过那条小径回到你的身边

那时神秘的微笑

只能像风儿一样

掠过我的神经末梢

只有香如故

天气很冷

冷到滴水成冰

带着冬天的情趣和雅意

在冰雪里放纵自己

寒冷凝结温暖的情意

留下一个小秘密

藏在心里

孕育一枝梅

梅花灿烂雪纷飞

春来梅离去

花香袅袅

缠绵着每一个冬季

秋 收

把秋收藏在谷仓里
慢慢地长出淡淡的甜蜜
把秋收藏在心里
悄悄地掩埋一段回忆

雪轻轻地下
冷冻了脉脉的思绪
厚厚的冰雪
轻轻地覆盖了一个消息

从此忘记了过去
忘记了那个秋天
也忘记了你

牧羊人

挥动柔软的皮鞭

你攀上悬崖峭壁

在蓝天下的草原上放牧羊群

花瓣落在你的裙上

身边飘浮着白云

春雨打湿了你的长发

脚下青草盈盈

季风吹来

骑在骏马的背上

他已经离去

留下洪水过后倾斜的小屋和美丽的牧羊人

红蜻蜓

一双单薄的翅膀

把你送回了家乡

那一片红叶的色彩

依然留在你的身上

雪的洗礼还未改变秋雨的凄凉

转瞬间

春已经来到田野

诱胁着花香

红色是秋的色彩

那是一个没有白雪的地方

红色是秋叶的故事

其实并不属于希望

啊

红蜻蜓

你是否穿错了衣裳

破茧成蝶

一个人可以长不大

也可以在一夜之间成人

生活的经历和巨变是主要的原因

心的成熟不在于年龄有多大

而在于人生旅途中的经验

人可以在二十岁成人

也可以在八十岁还童

心在经历了坎坷之后就可以破茧成蝶

带着痛苦和理想自由地飞翔

与春天恋爱

淡淡的春色点亮夜晚的天空

心情像云儿一样飘动

微风里的旋律春花来回应

小河里的水波是细雨中的激情

白色的纱裙美如委婉的情丝

回望的目光里是甜蜜的纯情

挽着春天的翅膀

你轻盈地走来

雪花在空中飞扬

生命是一个跳跃

从岸边跃入绿色的海洋

寻 梦

穿上古典的婚纱

心儿就要飞翔

在华丽柔美的梦里刺绣一片希望

朦胧的灵感在仿佛秋天的田野上旋转

春雨的醇香散发出对爱的崇拜与幻想

色彩斑斓的梦

却是简单的美感带来的渴望

以往的失落在梦里延伸

在眼前生长出一园独特的花朵

梦中的花香

寻梦

在春大的原野上

两朵花的芬芳

踏着地上的雪

丢失在竹林里

纷乱的脚印缠绕着竹根

林外的田野上

有去年秋天成熟的麦子

麦堆边有蜜蜂留下的巢穴

在林中的小路上

寻找月亮的光芒

两朵花的芬芳

远方在哪里

我问身边的风

风说

在我消失的地方

感受温柔

放下生活的忧虑

聆听遥远的呼唤

奇妙的旅程就从这一刻开始

唯有如此

才能听到花的梦语

感受一个温柔的你

飘浮的甜美碰触心灵

眼前轻风荡漾

温柔在春天的雨声里微笑

温柔在你自信的眼神里跳跃

温柔在我飘逸的长裙和黑发里颤抖

温柔是爱与心灵的牵手

春天里的感动

拉着春天的手穿过四季的长廊

融雪的下面有你晶莹的泪光

桃花燕柳在早春里歌唱

若有若无的春光在湖波上轻荡

思绪飘向远方

家乡的红叶是否已经化为泥土

等待春雨来探望

把春风披在身上

化作洁白的羽翼

如云朵般轻盈自在地飞翔

田野里的幻想

少年时的轻狂

都在悠悠岁月里变成春天里的希望

回 忆

雪花牵着落叶的手

在午后飘落

带来湿润的空气

冬天的旋律在秋色里轻柔地响起

你在哪里

我的爱人

冬披上风的翅膀

曼舞白色的纱裙

爱

留在每一朵雪花里

雪地上仍然保留着我们的足迹

你带走了那个冬天

留下了一片雪花和一个回忆

雨　季

第一场冬雪来临

结束了秋日的私语

秋雨滋润过的土地上

留下无声的叹息

温暖的手

抚摸心中的伤口

那里有过往的爱情留下的齿印

疼痛后刻下的伤痕

严寒驱散了秋韵

当雪花再一次融化

就能够见到又一个美丽的雨季

离别小聚

冰雪中的火焰

在冬夜的原野上燃烧

冬天里的回忆

早已在秋天的雨水中见到

寒冷让雪花在篝火中重生

离别后的小聚

熟悉的声音

增加了酒杯里的酒精浓度

眼睛里的泪珠

跳动的火焰

冬季的星空

照亮梦中的荒芜和寂静

一片橡树叶

走近冬季的草坪

有一条秋虫仍在蠕动

它忘记了季节的分别

还是以为可以这样过冬

走过薄冰覆盖的池塘

几只闲鹅还在水边游荡

它们知道秋天已经离去

可是忘记了以往过冬的地方

我来到窗前

看见屋外的风铃上

挂着一片殷红的橡树叶

晕染了白色的冬天

雪花飞舞的季节

春 桃

曾经的感情讲述曾经
昨天的故事如落叶飘零

冬雨时节
心情并不像雨季般阴凉
草木衰败
花朵却可以再次绽露笑容

小路上的泪滴
滋润了冬眠的小草
雪地上的足印
化成了一朵娇艳的春桃

远 方

远方

一双忧郁的眼睛

浸满思念的目光

爱人的心期待自然的优美和平静

轻灵的水流

粼粼的寂静

映入清澈秀逸的心灵

眺望远方

那双思念的眼睛

在秋冬落叶与冰雪间

出现在缀满云朵的天空

一条小河

流过家乡的土地

上游和下游都倒映着相思的波纹

我们的过去

牵着风的手

走过秋天的暮色

有些凉意的秋雨

洗净了即将失去的记忆

身后的落叶

街边的路灯

送我远行

在风的温柔里

渐渐地忘记了你

当冬天来临

雪花飘落的时候

洁白的世界

冬天的旷野

就是我们的过去

诱 惑

接近生命的边缘
你做着青春的梦
在妻子的床前
你望着遥远

欲火是心中的灯塔
情海是堕落的船帆
沉没了终生的诺言
忘记了永久相伴

少女的呼唤
只是丑陋的面容
苍老的容颜
跟着魔鬼的诱惑
你
走向了黑暗

安妮私语

那一刻的温柔

那一刻的温柔

怎能忘怀

为了一个坚贞的爱

你匆匆地赶来

走过短短的教堂里的长廊

却似跨越了万水千山

明知从此不再相见

却仍然让爱在月光下蔓延

院子里的红叶子

篱笆内的一条红叶子

给绿色的院子带来了一些秋色

美丽的红色好像秋天的血液

在大地上流淌

吞噬危在旦夕的生命之色

院子里的红叶子摇摆妩媚的身躯

炫耀自己的浅薄

院子外面的精彩世界

她当然不得而知

你好吗 秋天

乡间的枫叶红了
你好吗，秋天
院子里的果实成熟了
你好吗，秋天

秋天卸下色彩和收获
带走了蓝天和软弱
风籁中和云彩里
都留下了落叶的样子
秋天的回忆

黑暗之吻

你告诉我应该如何去做

在我不知所措的时候

你告诉我太阳升起的方向

在没有阳光的田野上

黑夜拥抱着我

用长满坚硬胡须的嘴亲吻我的眼睛

可是

这个黑暗之吻却让我看到了眼前的黎明

秋天的恋人

走在落叶铺满的小路上

寻找秋天的目光

秋天就要离去了

因为

我看见恋人眼睛里的泪水在流淌

落叶还在飞舞

尽管不久以后

她们都将化为春天里的泥土

秋 水

带上几件宽松的衣裳

放下超载的心事

和秋天一起去流浪

把自己的方向交给秋水

像一片落叶躺在水面上

漂荡

往事如涟漪般散开

消失在秋天的田野里

我轻松地

轻快地随秋水远去

离 别

秋叶仍然完好无损地挂在树枝上

鸟儿几乎忘记了已经是南飞的时候

多么温暖的秋

多么温柔的你

可是

这个独特的秋景又能维持多久呢

沉甸甸的果实

姹紫嫣红的秋色

便是秋叶起舞的前奏

也预示了一个无情的寒冬

离别的伤痛

童 话

我相信过很多童话

带着阳光般甜美的笑脸

口袋里装满令人神往的故事

与笑容一起前行

走过雨后的田野

穿越冰冻的北极

一路上拾起脚下的石子

采集苦味的果实

丢失了美好的童话

在风中和雨里

也许

也许从来就没有过那些幼稚的美丽

感恩节的晚餐

美味的火鸡边只有一份刀叉

一杯红酒

一袭晚装

一个倩影

昏暗的烛光微微颤动着

烛光中有一个美丽的女郎

手托香腮

眉目传情

柔软的长发似柔波轻绕出如火的热情

在黄昏的残阳下

在微明的烛光里

女郎宝石般的双眸在灯影里闪动

灿烂了孤寂的星海

遥远的夜空

等待

女郎在等待一个温柔的梦境

嫣红的秋景

清瘦的花蕊

金色的阳光拥抱着我

讲述青草与鲜花

银色的月亮面对着我

倾述寂静黄昏中的惆怅

不多的日子

你已经从火焰变成了一缕青烟

即将熄灭的情感怎能温暖秋凉下的雨点

蔷薇花在秋寒里抖动着清瘦的花蕊

透支了一个夏天的光华

从此花瓣如雨

翩翩落下

在秋里离去

在雨中风化

化做一朵无形的小花

悄悄地在冰雪中融化

秋日的红晕

秋鸟的鸣叫唤醒了睡梦中的歌谣

你可听到秋日的私语在晨光里轻吟

低唱

伴随秋夜中野菊花的呓语

伴随野苹果坠落时轻柔的声响

我听到教堂悠扬的钟声在秋雾中飘荡

欢快的叹息不是忧伤

微笑的思念却是清晨里第一道最温暖的曙光

啊

我的爱人

安妮的私语在寂静的早晨送去美丽的笑脸

秋日的红晕

夏日的感觉

今天的阳光带来夏日的温暖

夏日的感觉

夏天里的情感

温暖了秋季的清凉

不想带走对你的思念

不愿飞舞的秋叶遮住明媚的太阳

就让夏天的回忆留在瑟瑟的秋风里

留在遥远的国度

留在刚刚失去的夏天的花园里

梦的距离

东方城堡

窄巷幽幽

丰饶的土地

河水清清

雅致的风韵

浓郁的风情

荡涤了浮躁的尘迹

蜿蜒流过的河水

漫山遍野的古风

雕刻着文艺复兴的气息

竖琴与古筝是古老的回忆

爱情的理念孕育古典的韵味与幽情

怎样走近你

从那遥远的古堡到最近的回忆

其实与你只是一个梦的距离

秋 泪

风波窒息了夏日的流火

星辰点亮了清香的月色

谁在秋露中等待

温存甜美地笑

相对无语

看远山近草

已经失去了眉宇间的轻佻

采摘一朵怒放的秋菊

你可记得盈盈如泉水的爱

却是曾经的温柔

午夜凄凉缠绵的秋雨

一滴悲伤的秋泪

同一个城市的秋天

守候着一个秋天

同一个城市的秋天

浮萍似的眷恋飘浮在护城河的水面

秋天的明月吐露浅黄色的光焰

如红唇边的温柔

雨色中的思念

同一个城市的秋思

浅吟落花的凋谢

秋夜的空寂

月华的神秘

目光的浪漫

又是一片秋意

又是同样温婉的痴情和美艳

永恒的星空

夜色清晰

灯光善解人意

维港上空的云雾跳着轻盈的芭蕾舞剧

懵懂年代

皈依之途

走散少年轻狂的风度

爱没有尽头

因为爱情和梦想都是永恒的星空

约 定

从这里向北去

依稀可以看到高山草地

顺着山间的坡道有秋水浅韵

有纯净碧绿的湖岸

有浑厚悠扬的乐曲

让人心情平静

心灵朝着故乡

分享此时此刻的秋恋月明

在早晨和夜晚

约定一生的爱情

河　谷

在河谷的坡地上

散落了星星点点的村庄

柔媚的舞蝶披上图案华美的衣裳

秋天是音调变换的季节

弹唱一曲古老的忧伤

秋思不该轻易被遗忘

最美丽的感伤化做泪水飘散

迎来一束来自心灵的阳光

晨 雾

不喜欢夜莺的鸣叫

雨蝶的轻薄

留恋云雀般风中的歌者

诗人笔下浓艳的玫瑰色

秋田里的米黄充满了诗情画意

饱含了思乡的情伤

山林隐藏着静谧

生命回响绿荫似的快乐

一羽叶片

一段音节

在浪花里沉浮

碰撞出秋季的狂舞

袅袅的晨雾

情的归宿

心灵的疲惫写在脸上

香烛的泪

滴落夜色的倦态

寂寞在眉间轻盈一朵淡淡的忧愁

墨迹在时光间开放

灵秀的字句点亮心花

谈笑的声音在梦间惆怅

独行

远眺观景

走过一座桥

情的归宿是否在邻家的院落里

或许在短短的诗句中

星 河

情感的阴影犹如道旁婆娑的树木

其实暗示着绿色

信口而来的诗句颤抖着叶儿的秋波

感动的泪水流入叶脉

流入妩媚的枝条

青色的藤萝纠缠着梧桐的双臂

这样寂寞时也有树叶轻触发梢

莱茵河的水浅浮着青青的水草

泰晤士的河面荡漾着秋歌

洛基山脉的雪在霞光中露出淡淡的粉色

好似桃花的娇柔

雨荷的羞涩

倾城的爱恋就在那遥远的山顶飘摇

如光，如水

如浪漫的星河

秋日的魅力

秋日的魅力在于落叶的轻盈

落日的俏丽

还有微黄稻田中的清香

也有远处青山边的村庄里传来的欢声笑语

脸上的微笑可以使人忘记感情的纷争

忘记秋草的烦躁

那水边秋菊的凝视

仿佛伊人的风韵

宁静的妖娆

秋日上演的悲剧

瞬间幻化成残存的灰烬

精神的生机

城池中的清静里

其实蕴藏着不同的声音

有落叶的声音

有残花凋零的声音

也有风声和鸟声

自然之声

柔软的摇篮之声

深远而微妙

自在而轻松

在泥土的深处

呻吟着泉水的共鸣

在夜晚的柔光里

喘息着男女倾谈的音韵

诗句中的感伤

将快乐与痛苦吟唱

细微的思绪复活了栩栩如生的梦境

那声响

那城中的声响

出自蔷薇的花蕊

星月的希望

晨　曦

晨曦中的光影雕刻了晨风

细碎的情感丝丝舒展

天然之韵飘逸着缕缕清香

圣洁再现了神灵的光芒

陶醉于爱的虔诚

心已经沐浴过天浴与神力

时光朦胧了竹筏上的诗行

那样的爱

这样的情

令孤独渐远

使伤感从此无影无踪

温柔似水

走出五月里花的海洋

妩媚在裙角飘香

春季的风

夏日的雨交织出浓烈的感情

翠绿的羽裳

在田野中放飞心情

捡拾翩跹飘落的花瓣

编织爱情的花篮

保存到永远

不让花儿随风而去

不让河水带走馨香

不让泥土埋葬花魂

不让青山环抱遗憾

留住情

留住爱

留住你

留住一颗温柔似水的心

风 范

娇兰吐艳回归复古的风范

渔歌唱晚感受缠缠绵绵

纠结的感情豁然开朗

周末池畔的烧烤

充满玩味的意念

挑剔端庄

挑逗微妙

长满青苔的图腾畅想最后的诗情

重复华丽怀旧的乐章

第三类接触讲述不和谐的音韵

却也强调了一瞬即是永恒的真理

这就是爱的真谛

这就是对于爱的精确的解释

曾经的诗歌

在海涛的歌声里相望

流水依旧

在淅淅沥沥的小雨里等候

枝叶繁茂

独特的情感盛开在雨季

有花的岁月里

蝶舞蝉鸣的意境就融化了彼此的心扉

窈窕的感情素描了文字的笔韵

清丽的文采孕育了花季与馨香

云的洒脱

雨的暧昧

仿佛我们曾经的诗歌

花　瓣

水乡雨润如云如韵

写意纤巧的内涵

触动心底的怅然

秋水绿叶朝花生辉

聆听似水的柔情

曼舞的花音

灯芯轻点烛光淡淡

小桥流水岁月如烟

花瓣娇雨悄然飘落

是谁挑染了情感

又带走了岁岁年年

细雨朦胧

情韵情抒落雪是花
清茶浓茶袅袅飘香
山野气质画风轩墨
富贵华丽古色古香

丰盈的感情
平静的心事
安然的气质
天涯的恋歌
纤细的羽毛
绵长的情丝
青铜的锈迹
时尚的光泽
凝视绿叶漂浮
浅尝杯中清香
心中曼妙着几许花开般的感动
几多花落般的忧伤
当细雨朦胧的时候
云
就在天际游荡

希　望

水样的情如轻薄的雾弥漫

粉荷在月下散发细腻的香

花草成歌揉碎夕阳

点点霞光

蜜样的情如醇酒飘香

浓郁的桃色在心里沉淀成甜甜的佳酿

屋前的细雨

午后的斜阳

斜阳下的清波

清波中的荡漾

都在述说清晨的娇美

晨光里的希望

流 年

幽香消融在相思的季节

幻想平添几许儿女情长

黄沙流域变奏出细花碎叶

飘浮着稻谷馨香

雨水淡漠了乡愁

风帆点缀千顷湖光

韵雅的景致

清幽的墨色

相悦了一朵笑颜

却也平淡了心曲与流年

风情万种

青山寂寞

风情万种

荒草随风摆动

雨凝水静

春去花疏

落雪雕刻唯美的姿色

皓月星辰

湿润草根

冷茶断语

花盏叶折

云朵连绵不断

风向变化无常

寻找一个春暖花开的诱惑

迷恋月色下的诗歌

无法忘怀阳光灿烂般的你

怎能忘记那些忘不了的岁月

呼 吸

给自己一个空间呼吸

告别锈迹斑斑的情绪

逍遥在美轮美奂的绿洲里

再续芬芳

让五光十色的斑斓重拾欢颜

节奏的美丽挥洒自如

和风细雨带来家乡的消息

寻根追源

情归故里

不再贪婪充满色彩的情感

放弃一朵早已凋谢的紫罗兰

因为白色

白色才是纯洁的情感

谷仓边的野草

倾听温暖的风语

相约晚霞的余晖

思念谷仓边的野草

相伴云朵里的闲情

小船倒映湖水

微笑淡薄了轻风

感悟相知相遇与相恋

泼墨浅印清晰的倩影

天涯的花海

沦为千丝万缕的情愫

爱情的视野

感情的角度

如夏威夷的海浪奔放不拘

似草裙舞般的性感浪漫

春之韵

夏之情

尽在温婉的不言中

随　风

野生的春花气息芬芳

婆娑的疏影折断了清幽和寂静

暖香流动飘浮着春风

缓缓地呼吸吹落了晶莹的雨露

飘散的雅意环绕着书亭

书香无痕

清幽印染了湖水和秋月

缥缈的情思随意随风

唯有真诚与之相约相拥

清香的麦田

蓝天下的绿海

随风波动

再现了原始的风韵

清香的麦田摇曳着野性

飘逸着几许农夫的柔情

烟花下演绎的沉静

凋零了雨急风缓的梦

浮现出自然的闲情雅兴

田野为之动容

阳光雨露蕴含艺术之笔

神来之韵

幻化出金色的麦穗

挥洒莺歌燕舞的欢庆

让真诚的祝福为你带来色彩缤纷的雨后彩虹

田园诗歌

极美的日出令人勃然心动
虔诚的信仰沉淀出处世的风度
花俏的羽翼装点恬然的魅力
映红了凤凰涅磐

冷艳与火焰尽情展现热情与活力
一抹炫目光彩
犹如吉卜赛女郎般热情奔放
你的浓情蜜意
似心中的田园诗歌
轻盈如羽
极富天然风韵

剪碎萦绕屋脊的幽香
寄居滂沱雨下
好似雨蝶顾盼生辉
风姿卓越

静静地等待窗外的春光
也许那时便能成就一段忘情之恋
或是传说中的儿女情长

归来的燕子

归来的燕子携来了清风

嫣然的默语流淌着烟尘

如雨的落花倾洒和谐的风韵

揉碎的晨光在树荫下悠荡

徜徉在和煦的春意里

爱就在心中发芽开放

安妮私语

相遇在春风里

纯真在流年中往返

唯美在进化中演变

宁静的风语

轻微的呼吸

不经意的对视

成全了一次相逢的机遇

香醇的花蜜

深藏在弱不禁风的花蕊里

春雨坦然地诠释了风儿的心语

与你相遇在春风里

暧昧的感情使两颗心相依

让风停留在这里

让雨落入小溪

让心保持这样的距离

不要走得太近

太近

春天的花香

采集春天的花香

收藏夏季的阳光

谱写水流四溅的韵律

再现瀑布下的彩虹

热烈追求春风得意的感情生活

再次拥抱一朝思念的休闲情怀

冰封雪岭下的深山河谷

如北欧的严寒

加拿大的冬天

顺其自然

让水鸟相伴

在彩色的花园里

发现随风飘落的美丽

温文尔雅的自己

夏日的沙滩

气定神闲的优雅姿态

悄然地露出惊鸿一瞥的气派

寥寥可数的省略符号

出神入化地营造出淡淡的泥土色调

优雅的淑女款款而行

轻盈着一些古典的美

更充满原始的魅力

妖娆的风姿宛如美钻

集万千宠爱于一身

一脸漂亮风靡现代的魅惑

丰富着美丽的体验

寻找透视清澈的感觉

就要选择夏日的沙滩

一片羽毛

你是我的阳光

虽然只是一小片温暖

却能时时照亮眼前的黑暗

你是我的月亮

月光清凉如泉水

滋润我心中干枯已久的河床

你是我门前的樱桃树

春天里的花朵灿烂我心中的快乐

你像那光这树

你是那云那风

啊，亲爱的人

如果你是一只小鸟

安妮就是你身上的一片羽毛

神 曲

鲜艳发饰碎花裙

野外赏花在理想的季节里

夏日的轻风赏心悦目

千娇百媚倾倒异性

沉醉于灵动神曲

抛弃万般失落的情绪

那灵的神秘魅力

轻盈的感触如裙边的流苏

颈项上的蝴蝶吊坠

春的神来之笔

已经为夏季铺垫了丰富多彩的动感之韵

闪烁耀眼的浪漫之情。

纯洁无邪

高贵美艳

别具个性

交错出几何图形的奥秘

也带有几分野性的风情

不变的美丽幻化出锦衣华裳

经典的桃红

轻轻一抹笑颜

散发娇媚

舒缓了遥远而锁住心扉的思念

再次验证了女为悦己者容的古典名言

安妮私语

零度世界

零度世界不是在冬季

不是在春天

也不是在冰箱里

那样的温度在一种人的心里

一个没有爱的世界里

崇尚维纳斯的雕像

那风雅得体的身姿

那柔美和谐的线条

那无可比拟的美态

那充满成熟韵味的神情

无一不呈现出爱的辉煌

皎洁的月光倾洒在夜空里

美化了夜色

遮盖了丑陋

幸运的表记

幸运可以用一个符号或者某个象征物表示

爱情呢

听雨

那个熟悉和平淡的声音

如果加入心情的合奏

风景的渲染

那么这平凡的韵律就会突变为舒缓和谐

或是闲言飞语般的噪音

娇艳欲滴的诗风

清澈闲赏的情趣

香艳盛开的蔷薇

相依千年风化的戈壁

依偎着默默和无言与无语

放弃清凉伤感的秋风呓语

优雅地转身面向戈壁

让那荒芜亘古的苍茫诠释幸运的表记

花　期

聆听花丛沉静的馨香

倾慕妙笔生花的亮丽

清香凝结住翩然的情缘

涟漪的微澜舒缓了心动的弥漫

清纯的静美描绘素雅古典的温润

茂密的亮色依稀赞美灵气与意趣

轻柔的风吹散了夏日的炎热

清凉了缠绵的情感

推迟了这一季的花期

苍穹下的麦田

梦影在云中变换

心情在雨中轻叹

想念缤纷的彩霞

遥望远方的青山

柔美的夜色光影

窈窕淑女的深情

高贵的华美惊艳

朦胧的月下湖畔

空旷的苍穹

无边的麦田

幽静的古墓

朗朗的欢颜

相信你从未走远

相信你一直就在眼前

夏天你会在哪里

这个夏天你会在哪里

窗外的春雨送来你的问句

知道你想念着我

在每一滴春雨里

在每一片绿叶中

这个夏天我会在花朵盛开的地方

我会相伴温馨的月亮

我会在日夜思念的东方

我将在离你最近的地方

在你的身边

在你的心上

温暖的柴房

夜色露出一丝宁静与悠闲

清幽的小径斑斓着云影霞光

河水上漂流的浮冰依然没有解冻

奇幻的珊瑚色彩在海面的暖流里蠕动

激流飞溅再现了原始的悟性

繁花绿荫仿佛夜间一气呵成

湖光帆影漂向远方

心却始终留恋乡村朴素的韵味

月光下简陋温暖的柴房

诗歌盛宴

那带着玫瑰馨香的呼唤
那轻荡着水色一天的嫣然
那美轮美奂的诗歌盛宴
那风光不变的小桥岸边
东方之韵飘浮在蓝天
欢快的情感冲击着海岸

有你的地方就是温馨的田园
有爱的地方就是心灵的圣殿
渴望一个不变的情感
在变换的世界里
在万物生长的春天

女人风情

行云流水般地无拘无束

花枝招展的女人风情

强烈对比的反射光线

风霜无痕的过眼烟云

落霞归去

舞秋吟雪

闲情雅致

静物流年

花草于阑珊处感伤

意念在性情中游历

修长的法式长裙剪裁出潮流的式样

一个人的世界依旧感到些许的清凉

难忘往日的情怀

记住了美食的味道

精致的思绪再次在陈年的光阴里游荡

让生活简单一些

人就会快乐

美丽的未来

有一首歌唱着未来的乐曲

有一首诗倾诉了逝去的烟波

遥遥无期的是彷徨的等待

已经过去的是记忆中的尘埃

小雨伴随恋人的情怀

平和了心中的惆怅

拂去了眼中的彷徨

跟着你走进感情的宫殿

沐浴堂皇的奢侈

华丽的美艳

跟着你再一次走向春天的夜晚

忘记过去

等待一个美丽的未来

东方的诱惑

很暖很红的太阳

有些温柔的月亮

悄悄变换的四季

一抹桃色的霞光

跟着你走近一个熟悉的世界

走进东方的诱惑

绘制一张草图画出家的模样

设计一个你

把你记在心上

梦里的境界如此完美

还能任意添加浮动的云朵

即使这样

我仍然很想有一个真实的家园

现实中的温柔和快乐

微笑的安妮

把心交合在一起

在春波里游动

你总是能够感染我的情绪

用你诗意般的语句

轻轻地合上你的诗集

遥望万里之外的春季

梦中的你

是否见到了一个微笑的安妮

青春年少

复活节的周末

阳光温暖

春意悦然心上

教堂里的赞美诗神圣悠扬

圣洁的钟声带来平和与安详

蓝天下一朵美云

纤长的体态

优雅的弧度展现出极致的美感

那在空中浮动的水样的神采

使人忘记岁月

回到仍然青春年少的时代

多情的春雨

赤着脚在布满石卵的路上奔跑

任长裙被污浊的泥土污染

任长发被风吹乱

前面有一颗闪亮的星辰

照亮了夜空和模糊的小路

还有湖水边的芦苇丛

湖的那边是田园

乡间的小屋上有袅袅的炊烟

过了那条小河就是我记忆中的家园

美丽的风光经常在梦里出现

思念我的故乡

还有留在故乡的你

悄悄归来的春意于水中起舞

娇艳中带点哀伤

窗外飘落的雨

呢喃着昨日的情怀

盎然的春里浮动着感情的妙意

春的舞者带来美的空气

这情如雨中的蝴蝶

无法写意飘然的美丽

轻轻地告诉你

下一个雨季

如这繁花再开

我会再来

与你一起看起舞的彩蝶

看多情的春雨

流浪的终点

当我去流浪的时候

你经常问我

你在哪里

那电话中的问候仍然带着你特有的文雅与忧郁

你是否在月球上

为何没有消息

最后

你总是用假装轻松的语气说出心中的话语

我微笑着倾听电话里的留言

却从不回答

因为有我的地方就有你的声音

有我的地方就有你的爱意

其实你清楚地知道广寒宫的凄凉

月球上的寂寞不是我流浪的终点

更不是幸福的渴望

黄昏时分

陪我一起看日落

在黄昏时分

习惯你倾情的注视

迷恋你嘴角的笑意

仰望天上的星星

寻找一个答案

在太阳离去以后

你能许诺什么

你问落日

不是星光里的月色

不是黑夜过后的黎明

只是一句无意的问候

只为你那独特的美丽

浅浅的记忆

云儿就这样轻盈地飘进了眼睛

停留在心上

那么神采飞扬

山屋旁的河水转动着风车

倾诉温柔的愿望

那屋边的果树结满了令人垂涎欲滴的苹果

山间的峭壁上爬满了悠闲而懒惰的绿藤

午后的斜阳温暖着屋檐下的鸟巢

花朵的芬芳抚摸着我的脸庞

沿着门前的小桥走进秋雨瑟瑟的树林

这里有你留下的足迹

往事弹奏着记忆的第二交响曲

你的神采是我心中最华丽的乐章

云儿飘过蓝天

留下一段浅浅的痕迹

深深的感伤

葡萄成熟的时候

当葡萄成熟的时候就是丰收的季节

将葡萄与爱情融合在一起放入瓶中

酿造独特的美酒

当小草染绿乡村的时候

就是春暖花开的季节

桃花与绿柳编织成爱情的花篮象征天长地久

在葡萄园里品尝那瓶佳酿

在山边的小屋旁种植地久天长

罂粟花又一次开放

吐露着血色的美丽

绽放像蝴蝶翅膀般轻盈柔软的花瓣

满袖花香

与你相遇在那个遥远的夜晚

如今依然有星星在闪烁着光焰

野蔷薇在路边绽露娇艳

温室里的茉莉在窗内窥探

即使四季变换

心中的星光却似咫尺天涯闪亮温暖

走进春天

看繁花争艳

走近你的身边

携来满袖的花香

飘零的花瓣

久违的笑容在春天里像山花般瞬间光彩烂漫

记忆中的小河

记忆里的青涩

现实中的成熟

记住了想忘记的往事

忘记了想要记住的真实感受

落花飞舞的清晨

就成全了一个缥渺的梦境

风中摇曳的雨丝好似你高雅的举止

小心地走过你门前的那条小河

清晰的石卵在河底蠕动着感人的温柔与美丽

你说

有一天也许你会走过那条小河

在河水的那一边与我一起回忆曾经的青涩

欣赏秋天里的红叶

与我相伴这条记忆中的小河

安妮私语

天边的云彩

快乐在前面而不是在身后
流畅的音乐在我的指尖下流淌
当最后一个音符落下时
诗歌的韵律相继响起

天边依然有一朵云
花谢的时候
你能否再来
再来听我弹奏那首天边的云彩

灵性的会合

蓝天下的森林翠绿绵长
湖下的水底静寂神秘
空旷的原野
连绵的沙地
在阳光下散发着炙热的气息

几只野驴在沙地上行走
给这寂静增加了一些生气
几只苍蝇在荒草下无力地蠕动
好像几天几夜没有进食

苍穹下的土地
星光闪烁的天际
波涛汹涌的海水
太阳下的生命
这自然荒凉的景色是心灵的反射
是灵性的会合

在夜色里退去感情的脆弱
脱去伪装的外衣
剩下的就是那些苍蝇和几只野驴

斑驳的树根

年轮上刻下了一个名字
心海里有一条小船
斑驳的树根铭记了永恒
春草秋木演绎了短暂
梦见了秋却见不到雨
绘出了花朵却不见飞舞的蝴蝶

优雅的骄傲
平凡的笑脸
蔓延着绿色的枝条
微妙的爱情
蹊跷的烦躁
雨中的思考
画架上的羽毛
联想起夜色里的霓虹灯
路边的烟雨缥渺

在春雾里呼吸雨水的味道
感受温柔的拥抱
这一次不要记住分手的原因
下一次就能明白曾经的相恋与美好

早春时节

记得路边绿色的叶子

粉色的花

还有你的情意绵绵

窗外的春雨在接近零度的气温里飘落

星星点点

如花似雪

一个充满凉意的早晨

一个并不温暖的周末

脱掉春装

给心情换上冬天的衣裳

暖暖的心带来一个甜蜜的感觉

倚窗远眺

静静地等待灿烂的春光

伏案读诗

收藏好来自东方的思念

在这个花朵尚未绽放的早春时候

有爱的地方

河里有足够的水映照夜色

天上有很多的星星拼凑出星座的模样

一个人前行

在回家之前

喜欢让露水打湿衣裙

春天的景色有点黯淡

流水仍然像白天那样匀速地流动

分不出色彩的花瓣飘落在眼前

带着花朵一样的香甜

夜深了

在梦中告别星星和月亮

伴着花香

披上月光

在微凉的风里

飞向有爱的地方

拥抱太阳

用超现实的作风描写人间的爱

用醉生梦死的颓废表述恢复活力的光彩

雕琢铺砌缀满碎花的异域风情

崇尚自由奔放的情怀

向往长相厮守

素描光亮剔透的感情潮流

拍下充满诱惑的妩媚形象

用彩笔在白纸上绘出优美的线条

彩虹便在晴朗的天空上升起

拥抱太阳

不再想起你

在许多过去的日子里

每天早上太阳把我叫起

唤醒昨天的记忆

醒来

我沿着小路走下去

直到那座小小的木桥

一座童年的梦里经常出现的小桥

孤独的桥

连接了我少女时期的梦想和现实的感伤

在许多现在的日子里

我已经不再回到过去

在许多未来的日子里

我也不会再一次想起你

心中的秘密

说出违心的话

并且假装坚强

可是肢体的语言已经泄露了心中的秘密

眼睛是心灵之窗

早已转发了灵魂的愿望

不要让虚伪在阳光下膨胀

带上你的理想

舍弃爱的彷徨

与云儿一起去远方

盼樱花早日灿烂

仰望回归的大雁三三两两

并未成行

还记得秋天南飞的时候

它们组成的不太整齐的 V 字形状

昨夜

后院里的两棵紫丁香悄悄地吐露花苞

娇嫩的让人不忍靠近

很怕那幼小的新芽瞬间消失在风里

陈旧的落叶仍在角落里堆积

告诉我不要忘记曾经的秋雨

郁金香还在泥土中小息

蓄势阳光下的繁花似锦

橡树枝上的点点翠绿

坦白了春天的消息

希望今天还是一个好天气

让屋前那些年年迟开的樱花可以早日艳丽

落叶的秋季

往日的甜蜜应该珍惜

灯影里的分离最好忘记

若你是真心为何又放纵不羁

如果我是你的最爱为何却无言无语

眼中的微笑如熟悉的知己

轻轻荡漾的涟漪

唱一首歌

用低音唱出心事

唱两首歌

用高音表现活力

忘记别离

忘记你

记住微笑

记住这个落叶的秋季

四月的小雨

青藤缠绕着屋脊遮住了太阳

挡住了月光

雨云飘过洒下长长的雨丝

沉重的雨滴

蚂蚁在堆积的土里躲避

蟋蟀停止了喘息

鱼儿爬上了小河

钓鱼的人收起了渔具

这样的天气应该如何告诉你

已经被雨水淹没的情绪

四月的繁花馥郁芬芳

四月的小雨无声无息

用柳枝钓起河边的鱼

双手泼洒谷粒在田野上

峡谷里

放荡心情相约桃李

只争朝夕

春 季

弹指挥间

沧海依然

嫩绿的柳芽如期挂满枝头

在晨风中飘动

那飘逸曼舞的是林间的薄雾

在花蕊上停留的是清澈的露珠

昨晚的雨水淋湿了小河

浇灌了草地

唤醒了沉睡的花季

如此轻松的季节

多么诱人的春雨

诗情倾诉爱恋

诗歌温婉回旋

燕儿来了

花儿开了

又见一个细雨中飘然而来的春季

慵懒的农妇

在春日里愉快地与自己相处

组装色彩拼图

繁衍出绿色的小路

感染了自己也浓郁了心事

已经学会了坚强

独处

不让泪水流淌

在感情的土地上做一个慵懒的农妇

栽种简单与快乐

收获纯真与梦想

蓝色的太阳

池水里的太阳

蓝色的太阳

让我想起紫色的月光

飞流的春水

活泼的小溪宛如欢快的交响乐队

畅游在小河里

邀请妩媚的春娘

欢声笑语就在水面上轻扬

你在哪里

能否看到这景色

体会到轻松的气息

你在哪里

许是冬的冰雪锁住了你的消息

隔断了蜿蜒的小溪

无论你在哪里

我都会等待你

在春风吹过的每一个角落里

尽情地呼吸

手心上的玫瑰绘制美艳的花纹

保持微笑

表现美妙

美丽与情感结合在一起

便是魅力四射的灿烂

舞动感情

演绎形体的舞技

在多面艺术的空间里

体会走近的幸福感觉

忽视失望的情绪

跳出狭隘的空间

在旷野尽情地呼吸

小 草

窗外的小雨静静地下着

仿佛我此刻的心情

不再为感情上的琐事烦恼

竟然让我感到如此轻松美好

放弃一段感情

换取一份骄傲

忘记曾经

让自己的心恢复正常的心跳

享受春天

观看春潮

欣赏与鹅黄的野花相伴的小草

海的那方

湖面上的薄冰带着清脆的响声正在融化

星星点点的积雪在暮色里泛着银色的光芒

浅春的画笔还未染绿树林

唯有那些深灰色的茂密

犹如一片枫叶

春天飘落大地

又见一个早春的凉意

又是熟悉的夜色寒星下的故里

在水这方

飘浮诗意的宁静

闲暇的时光

海的那边

有绽放的春色

缠绵的儿女情长

一个谜语

浑圆的野猫

性感的狐狸

朝圣珠穆朗玛峰

崇拜深海世界的神秘

自然与人类的结合创造了真实的世界

我们都需要鼓励

才能说出某些语句

爱情就像黄金与石油

任谁都想要

可是有时却难说出口

有时又不知如何能得到解脱

一个谜语藏在心里

许多谜底蕴含在谁的眼睛里

屋前的草地

我想明天会下雨

坐在度假屋窗边的沙发椅里

我这样想

如何解开金字塔之谜

站在教室的角落里

你这样问自己

依赖情感未必能够修成正果

在森林中的野餐更不是你的创作风格

从那棵树上落下

使我懂得了

家原来就在自己的心里

无论流浪到哪里

家和我在一起

弥漫着紫雾的梦境

漂浮着泡沫的咖啡

能够媲美湛蓝的天空

深色的海水

搭建一座制造感情的工厂

在屋前的草地上

这样

情感就能在看得见

闻得到

摸得着的地方创造

轻松的结局

在名闻遐迩的法属小岛上

在别具风格的池畔酒吧里

在微妙的小提琴的旋律中

在托尔斯泰的花园里

寻找灵感

让古典和前卫的意念喂饱灵魂

让新艺术风格的潮流邂逅漂亮的身影

古怪精灵的创作风格

妙语连珠的美轮美奂

意乱情迷的乐而忘返

依然流行的美丽传说

让我再一次找到自己的方向

在恍如迷宫般的情感的贫民窟里

不再犯同样的错误

感叹生命再生后闪烁的美丽

在阳光下体会一个谁都想揭开的秘密

一个轻松的结局

约会春天

约会春天在海的那边

把忧郁留下

没有你的时候

也许我会快乐

因为没有感情的折磨

因为不用担心被你伤害

寂寞还是快乐

就让我一个人体会

一个人沉醉

乡间的小屋

守候着一份安宁

一个愿望

还是狩猎一场竞技

古罗马的娱乐竟是如此的残忍

又充满了刺激

乡间的小屋如此的安详静寂

田间的谷穗如此的清香油绿

厮守着心灵的领地

情感的区域

不跨越那一片禁地

是否就能尽情地品味爱情的美丽

情感如角斗士般出击

保护自己立于不败之地

我不能肯定

如果这样是不是已经背弃让我引以为豪的善良本性

我一贯坚持的和平与中立

请你

请你告诉安妮

回 归

踏着来时的潮水回归北美

跟着大雁飞回万里之外的大地

冰雪才融的安大略湖

独来于寒冬的季节

独往在春风洋溢的时候

漂泊在万水千山之间

小憩在温柔的心里

带上一份似水的柔情

装上一本诗情画意

一个人再次漂泊

远去

安妮私语

柳暗花明

当樱花如雪灿烂的时候

当高山流水表现完美的柔情蜜意之时

用心品尝爱

竟如葡萄酒般甜润喉咙

湿润了眼睛

偶然的相遇宛如清泉跃出地面时的闪亮

美丽的情感是人生风景的点睛之笔

彼此的好感源于心灵的默契

无论爱之路如何艰辛遥远

如果能够健全地到达彼岸

就能看到柳暗花明的美景

岁月的阶梯

走过岁月的阶梯

鉴赏生命的美丽

迷失的情感历经磨难

仍然神采飞扬

花与叶丰富了自然和谐

不失柔和地彼此依恋

优雅得体

无声无息

诗歌的灵感延续美丽

原创的动机收获感情的森林

从容自信

收藏国色天香

沉淀淋漓尽致的流畅

风姿百态的艳丽

心中的失落只是瞬间的感知

岁月的风雨触动感情的键盘

爱情的旋律

再次相逢

你走了带着满腹的惆怅

满纸的忧伤

我来了

倾尽心中的思念旧日的遗憾

昨夜的风雨

浅浅地淋湿了窗上的玻璃

静态的美赋予千年历史的荣誉

诗魂的赞歌飘于芙蓉的花蕊

大唐的风韵装点着万里河山

轻挽你的手

在时间的长廊里

轻抚城墙上留下的唇的印记

作为千年后再次相逢

相认的凭据

虚无的秋雨

试图放弃奢侈的感情

追求简单快乐的生活

可是简单似乎难以琢磨

追求一场虚无的秋雨

讲述一个幼稚的故事

迷惑自己

迷惑你

在左与右的叹息里

情与火的感叹里

渐渐冷却

退去

忘记

世外桃源

初露的情感难以割舍

细节的美感唤醒记忆中的每一个瞬间

梦幻风格

一如既往地追梦

于世外桃源之外

青山绿水之间

撩拨着风情

重复着最原始的冲动与美艳

感情的内涵凝固了你心中的祈盼

保存了青涩的花季

恰到好处地展示了生命的真谛

意趣南山

一枝兰花

一朵粉桃

一片绿叶与青草

春颜在适度的温暖里砰然焕发

仍然有早春的凉意

偶尔还会在西岸遇见你

偶尔还是会想起你

脱下冬装

留下春季

放下长长的秀发

在风里飘逸

不能走得太近

不能走得太近

互相之间没有距离

明知距离能够产生美感

却经常忘记

又一次疏忽了这条真理

又一次不小心走进了陌生的林地

几乎迷失在落叶的秋天里

感性的认知

理性的冷静

难以领悟情感的深度

情之歌

风之韵

在山野吟唱

在云水间小息

却从未走进心灵的故乡

粉墨登场

灵魂的碰撞是莫测的命运

灵肉的平衡突出了欲望的意念

万有引力定律适用于物体

更适合繁琐的情绪

当心灵飞蛾扑火般相拥

从南到北

又从东到西

耀眼的光焰过后

剩下的唯有灰烬

再次收拾行装

再次粉墨登场

不会为已经逝去的而悲伤

不会让心再一次逃亡

浅送秋波

满目春色将一抹柔美画在眼角

浅送春波

静静点燃一点春光

回头看云卷云舒

飞花艳舞

沉醉在令人惊艳的优美灵动里

享受美妙时光

莫负春情春雨

让玫瑰点缀永恒的美丽

给灵性增添一笔点睛的魅力

风情驰骋在心里

愿情感

这一次

坠落在美妙的笑意里

愉快的时光

二月

一个属于情人的月份

梦想之旅充满超凡的设计感

创意和活力

令人着迷

浓郁的艺术情结

美景如梦如幻

巴洛克风格别有一番风韵

轻盈地舞动

在台北西门町的灯光里

赞叹生命的美好

才能见到终年鲜花不绝

于是

在尖耸的山顶

在灰色的心情里

也能安然无恙

享受愉快的时光

地久天长

闲暇时光欣赏古典乐曲

个性与传统融合得如此自然

灵感缓缓流动

歌德式的建筑

文艺复兴的风格

繁荣了历史

也能感到真实存在的愉悦

暖阳穿过木窗

洒落一地斑驳

淡淡的剪影轻轻摇曳

尽情舞动

天使来过

柔美的身影穿城而过

留下温暖的香味

地久天长的恋歌

童年的树屋

茂密树林与溪水环绕的静谧

高悬在山谷之上的青云

葱绿碧翠的春景

幽寂古雅的东方氛围

甚是醉人

童年的树屋仍然悬浮在林间

淡抹着一点回忆

也记录了曾经的其乐融融

经久不衰的童心

归来者疲惫的心灵

选择了这树屋为邻

让这树

这屋

这林

这景

带来一种前所未有的感动

令人心跳的回忆

阳光与水的结合

呈现出花朵的色彩

气候与土壤的巧遇

生长出风味独特的葡萄

早熟的果实味酸色淡

轻佻的眼神迷惑立体的图案

香气浓郁的春天辉映不平凡的情感

混合的酒色扩散出隐约的金黄与美感

整窗的风景

美不胜收

早春的青翠娇艳极致

望着你

望着触手可及的春雨

每一次都是令人心跳的回忆

每一次都回到那片十分熟悉的土地

白桦林

悠闲优哉或者酒醉金迷

渐渐地从生活中学会放弃

富有或是贫穷

平淡或者美丽

带上一颗纯真的心

寻找蓝天白云

橄榄园里的果实

森林里的蘑菇

一如这岛上的绚丽的黄昏

柔美干邑

超越友情的诱惑

轻盈地飞翔在静蓝的天空

幽迷的白桦林里

极尽流动的春水

再现轻盈浪漫的风情

留恋不舍的魅力

梦幻般的云彩里

走来一个令人惊喜的你

还有精致又细腻的爱情

香榭丽舍

退去叛逆的轮廓

设计一件完美的外衣

遮掩血液里的独立和放荡不拘

丛林中的故事

小河里的鱼

山坡上的蜻蜓

舞者的阶梯

午安

清静的草地

早上好

远去的杜鹃

情感不是古罗马的竞技

也不是逻辑思维的命题

零星的碎语

坠落于儿童的滑梯

作废的机票记下了一段没有结果的快乐和简单

陌生的你

与我再次相遇在香榭丽舍的道边

法国的巴黎

安妮私语

情感的模样

漂泊流浪

去寻找一片更蓝的天

一个闲情雅致的浪漫

将这些寻找装进我的行囊

装满寂寞的心乡

丰富单调的诗行

填满空空的谷仓

巧思冥想

素描一幅性感的模样

让细腻的情温柔秋的冷漠

冬的凄凉

让自己几经风霜后

也能平安地返回故乡

夕阳下的守望

这里有轰鸣的雷声

那边是倾洒的雨滴

彩虹桥能否连接雷和雨

贯穿东西

夕阳下的守望

晨光里的惆怅

点点星光泛滥

在湖中睡莲的脸上

月入睡

梦苍茫

小桥流水闪耀韶光

人俏丽

彩虹长

春缠绵情忧伤

你轻柔的话语似花束

在悸动的雨中吟唱

在诗情里荡漾

在你的唇边炙热地绽放

诗歌灿烂

有一种感情短暂而忧伤

有一种思念甜蜜又绵长

有一种爱使人流连忘返

有一种花开在秋天的草原上

从未认真思考过结果

只在情感的源头纠缠

从未体验过朦胧的追求

却已经感到心灵的隐痛

凋零的是花的容颜

温婉的是你诗歌里的婵娟

皎洁的是你眼中的月亮

甜美的是雨后挂满水珠的花瓣

娇艳终将凋残

诗歌永远灿烂

感　觉

他乡没有家的感觉

故乡也没有那个感觉

一滴水就能打扰平静的生活

看涟漪静美

让心情滑落

绵长的秋水

多情的小河

与我一起漂泊

相伴神圣的美丽

收获赞美的诗歌

一如既往地让思绪万千

形单影只

紫色的小花

勿忘我

那淡紫色的小花

在绿意的衬托下

勾勒出淳朴的情感

曾经的岁月寂寞的乡恋

久违的温馨

早已解开了爱的方程式

演示了心路的流程

前尘后世

贪婪与淡漠

一旦动情任谁都会变成感情的奴隶

在冰凉的爱情荒芜里沦陷

心到底有多脆弱

感情的升华与堕落

算不算一个美丽的过程

无家的漂泊之人

仍然相信宛如传说中的倾城之恋

细水长流

想念海那边白雪皑皑的原野

想念寒风吹过的湖面

带着莫名的情绪

几许儿女情长

还有浅浅的情伤

一个人继续流浪去远方

在何处观看春潮

在哪里倾听大雁的欢叫

跟着心情去流浪

一个人去看细水长流

在远方

舞　者

丽质天生相映时代的骨感

舞者的清影雅致了奢华的宫灯

乏味的墨迹不再炫耀超凡的感染性

春水莫非丧失了自我判断方向的天性

慢享用春茶冬酒

欣赏翠柳春花

一段恋情几经风雨

仍未策划到如此得心应手

温婉的春雨挥洒了谁的心情

又自如了谁的美意

窗外的草地不再荒芜

悄然而来的是你熟悉的气息

奔腾的春江

放荡不羁的叛逆者

自由奔放的西方味道

生机盎然的神秘性感

敏锐的神经末梢

饱满了热恋的泡沫

娇艳欲滴的曼妙

冷风将惬意一扫而空

单调的复古经典

投影了匠心独具的图案

你依然是你

我仍然似她

躲得了感情

躲不了爱恋

泼洒浓情墨迹

描绘心中感情的温床

全然不顾那种风流的酷感

那条奔腾的春江

嫣然一笑

悄然一语

当云飘过的时候

嫣然一笑

于那若有若无的绚丽

流动的情感

凝固的爱恋

加入了铁和钙元素的硬度和勇敢

乡愁样的爱

美酒般的甜

请你在我的心中停留

让我沉醉至少千年

那样我才能知道你心中所想

才能读懂人生的诗篇

送我一弯微笑

和煦的阳光带来舒适的感觉

柔软的雨丝痴情又缠绵

对你的温柔充满兴趣

娇嫩的绿草吟唱熟悉的炊烟

许是你眼中脉脉含情的欲望

梳洗了我心中有些杂乱的诗章

许是你清澈的目光

让我难以再一次远走他乡

送我一弯微笑

在离别的时候

在春风轻拂的夜晚

在我转身离去的那一瞬间

芍 菊

芍菊隐约在梦里

影瘦花长

情感的起源连接着华彩

韵律

神奇的土地

高原上的思绪

柔和的心灵

大海的情意

回荡着上古的追忆

小河的支流就是小溪

溪水的清澈便是爱之初的纯洁本意

诗人的感伤遗落在缥渺的雾里

爱的眷恋与回忆异曲同工

欢愉的情感

无穷的遐想

呼唤狂热的心态

美丽的感官

一点点心事

屋前的韶光午后的雨

门前绿草茵茵

一地细碎的阳光斑驳了院墙

鹅黄的小花开在车道旁

堆积的冬雪急急地融化

流入小河

汇入海洋积蓄能量

在下一个冬季重返冰雪的故乡

在太平洋的西岸

在雨后的暖阳里

静读诗句

想着你

想着那一点点心事

墨 香

用几屡墨香拼凑出风的模样

委婉的诗行里浸透茉莉的芬芳

多雨的时节

春分的活力

让万物苏醒

欢畅地呼吸

荷尔蒙在体内分泌

幸福在脑垂体里逐渐清晰

浅浅的叹息

淡淡的美丽

在香墨里飘逸

在诗歌里尽情地写意

吐露着抽象的爱

详述了你的心情与美意

一滴雨

那一滴雨落下去后去了哪里

是随河水顺流而下

还是立刻再次升华

那近乎蓝色的紫藤攀岩而上

为了登高远望

还是需要更多的阳光

让心情跟着快乐去远方

看望蓝天和海洋

找寻花朵盛开的花园

追逐涅磐与凤凰

海那边的闲云

海这边的奔放

山底的紫罗兰

山顶的太阳

你说

那一滴雨落下后去了海洋

空谷幽兰

在洛基山脉的巅峰

云影起舞仿佛印第安式的风情

云海的源头却是海上的露珠

水的分子在阳光下闪耀着柔润的光泽

华彩四射

那里有和谐的音韵

那里有天使的翅膀

那里有天国的圣乐

那里有我为你速写的诗歌

温情的碧绿陶醉了神圣的感情

空谷幽兰并不是一片过眼烟云

喜悦的泪水重复着你那呢喃的碎语轻声

王 者

非凡的王者傲视群雄

怀旧的百合呼唤春雨季风

和谐的华韵蠢蠢欲动

一些和你有关的诗情如行云流水

叹为观止

怪异的摇滚气息

孤僻的绅士风度

流放的芬芳

花样年华璀璨生辉

精纯之韵跃然纸上

卓越的风采

轻佻的情调

丰盈了古意画风

你若爱我

就与我牵手回归自然

带着宗教风格的热情和高潮

趋于宁静

温馨

大爱无疆

谁说将旧事尘封
谁说将流年锁住
谁说落叶无声
谁说爱过不留痕

忧伤是作茧自缚
淡然才是生存的逻辑
朗读一个童话故事
给自己听
信不信
心情也会轻松

放弃那些无效的约定
释放心的能量
于春秋
于大地
抒写大爱无疆

忘记就是记忆

还在乎一个人的时候

心就不能飞翔

还留恋一个人的时候

很难忘记过去的时光

美好抑或悲伤

如果都不留在记忆里

是不是就能又一次自由自在

享受一个人的平静生活

是否忘记就可以不再忧伤

可是

忘记是记忆的延长

鸟语花香

被双重的欲望驱使

那原始的冲动带着野性的贪婪

兽性的血腥

撕扯着渐浓的春意

不和谐的春韵

正在解冻的河水

孕育着神秘的烟雨之光

能否揭穿又一个不朽的谎言

看惯了青山绿水

久违了鸟语花香

红尘里的欢颜不过是过眼烟云

骤雨暴风

待到雨过天晴

就能于绿水青山间重现鸟语和花香

灯　塔

遥望着一座灯塔

守望着一份痴情

煽情的蝴蝶又在雨林里飞舞

这次却只看到一轮蓝色的月亮

飘吧

在蒲公英的季节里

跳吧

在雏菊的地界上

每一朵云都会为你动情

每一片绿叶都愿意为春天歌唱

最是那含情脉脉的目光

窗外轻柔摇曳的雨丝

就成全了思念的悠扬

带来了短暂的情伤

在孤独的时候

你就是天使

为众生守望

北国的冰雪

雨的声音

风的呻吟

花的梦语

心的诗句

海的呼啸

山的沉默

云的色泽

你的情意

一种柔和馨香的思念

在远方

在夜色里倾诉着乡恋般的忧伤

请允许我抖落一身的月光

在夜色里亲吻带血的红唇

冰凉的手指

我就在这里

就在圣洁的极光里

就在烂漫山花的香氛里

就在北国的冰雪里

晚　餐

预约了今天的晚餐

在我们熟悉的地方

你会不会出现

在那个时间

过去的岁月

曾经的你和我

经常在那里相遇

对视

微笑

然后离去

几逢秋叶

几场春雨

我仍然去那里在同一个时间

等待与你再次相遇

等待你的微笑

你缠绵的注视

花的心思

欣赏着你的文字
暂时放下几许心事
一杯淡咖啡加一份奶
让自己慢慢地品尝
杯中的热气袅袅升起
轻佻的虚幻
如梦如烟的美丽
雕刻般的立体
仿佛 3D 影片的画面在眼前靠近
又突然离去

春季里有看花的快乐
还有多情的春雨
微风在小草卜旋转
郁金香的花瓣在阳光下飘曳
绽露一丝羞涩的踌躇
可是
那只是风的语言
花的心思
不是我对你的淡漠
也不是我心中的犹豫

女 神

孤零零的一座山峰

在雾中浅露踪影

超凡的女神雕像在春阳里亭亭玉立

沧桑的心云游故里

轻盈的纱衣在柔风里尽显雅意

温存的你

呵护这样的美丽

使黯淡的暮色远去

春蝶在雨林中飞舞

雨燕在屋檐下小息

神灵的光芒反射出吉光

照射在身上

家 乡

不会忘记那些美好的诗情

也不会忘记你的温柔和甜蜜

即将展开羽翼飞翔

回到熟悉又近乎荒凉的北美大地

万里之外的家乡

我会怀念故乡的黄土

也会常常地想起你

一厢情愿或是萍水相逢

都只是文字游戏

能否长久地想念彼此才是真情真意

秋

感情如青藤轻柔地蔓延

爬满心间

爱情的忧郁期就是青藤上的花瓣

当幼小的藤丝不停地伸展

快乐地跳跃

无畏地轻弹

就能触摸爱情的沸腾点

当青藤披上浅色的花瓣

就带来忧郁的雨天

亲爱的人

你是否已经看到花朵凋谢的秋天

失 落

我的世界因你的犹豫而寂寞

又是一个凄美的爱情故事

又是一段没有结果的传说

如星辰划过

似花朵飘落

预料中的结局

无可挽回的失落

这么快就结束了

在还没有真正开始的时候

圣 歌

一朵枯萎的花在春雨里复活

甜蜜的春雨在窗外飘落

漫长的岁月退去了花朵的颜色

花蕊仍然在等待一个柔情似水的承诺

一棵干枯的小草在春雨里复活

欢愉地吐露娇嫩的绿色

呻吟着

呼唤着

蠕动着

在生命的韵律里

在喷射的水流下

在火山爆发的断口上

欢唱生命的圣歌

有点想你

被感性唤醒的情欲

等待一个真实的伴侣

深情的月色

浓郁了谁的甜蜜

远方的情

梦中的你

漠然的山

淡然的雨

在今晚的夜色里

有点想你

泥土的芳香

带有泥土气息的感情是我为你设计的爱

没有艺术气质

也没有诗歌的风采

那亲切的乡土之恋

多么平和

多么清淡

没有残破的诗段

笔尖上划过的乡音醉语

凭栏倾听箫声柔弱

田间旷野上依然飘着闲散

惺惺相恋的情歌

在不老的时光里

在很久以后的神圣时刻

秋　季

从那条小路上走过

在秋季里

脚下布满松软的落叶和回忆

微凉的秋风

呢喃的秋季

寂静的小路

绵长的秋雨

轻叹温暖的情意

从那条小路上走过

在春季里

路边春花朵朵绽放笑意

恬淡的春雨

风流的春季

秀丽的小路

闲暇的妙意

一抹俗念丰腴了春的美感

忘我的神奇意念

让性情与绿色合欢

与野花缠绵

孕育出纯粹的轻妙

无华可言

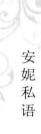

安妮私语

年 轮

年轮上的雪雨

融化在丛林的微笑里

和谐的音韵感染了诗人的情绪

枝头的新芽挑逗着潜在的红晕

灵性的雀动踌躇了诗魂的葬礼

纯洁的气息

活泼的思绪

在心灵里感应出柔和馨香的快乐与美丽

零星的记忆

没有你的时候
心情如浮萍，轻荡
有你的时候
感情如自由的小鸟
飞翔

流浪的人
也只想放逐一缕芳香
在海角
在自己的心上

一个人的时候
编织一片彩虹
悬挂梦乡
让色彩填补空中的空白
无色的云彩

两个人的时候
心情就是风平浪静的港湾
待到秋叶飘落的时节
便能拾起零星的记忆
窈窕的碎片

凋谢的心灵

清澈似水的眼睛

温柔了悲伤的心情

热烈了夜晚的清凉

树影重叠着春的色彩

铅华洗尽再现真实的仙境

撩动心情的眼波

漂浮着几屡激情与火焰

中和了忧郁的蓝色月光

细雨

如醉如痴

你眼中含笑的柔波能唤醒沉睡的风景

凋谢的心灵

兰 花

相比那朵灵秀的茉莉

左边的那枝兰花就显得略微成熟和娴静

带着江南女子的温婉气质

透着幽雅淡抹的一笔水墨丹青

极致的柔

仙态的美

似云雾水静的魂灵

我竟疑惑

这心是醉是醒

是幻是真

我竟自问

那人是花抑或花是人

一朵幽兰

爱有多深心就能有多近

雨有多甜花就能有多香

轻摇着极致的浪漫

收藏好久违的感叹

释放出心中爱的能量

尽情地挥洒抒情的泪水和欢颜

与谁相约

与谁相恋

一朵幽兰翘首望春天

远 去

总是在失去了以后才知道拥有的宝贵

总是在冬季里想起温馨的春雨

当你转过身去

那背影就是我们的过去

你渐渐地远去

留下的只有你温婉的语句和失落的情绪

一遍一遍地重复着过去

一次次让快乐消失在伤感的背影里

一次次地接近幸福

又一遍一遍地让花开的声音随着你远去

爱你的安妮

跳出浮华的俗艳

走进你那慵懒的诗篇

水草在浅滩上堆积

清晰了河柳的纹理

河州上的沙砾

阳光和雨还有丛林中的静谧

不再留恋那片干枯的痕迹

花儿亲吻月下的你

夜色轻揽俏丽的星光

活泼的春雨

想你

在一个真实的春天里

爱你的安妮

天边的云彩

点亮心境

让晴朗的星空寻找捷径

缓解感情的伤痛

在春风中与你牵手

在暮色里和你相拥

感情的空白是天边的云彩

可以随时变幻色泽和光彩

有你相伴春雨更缠绵

有你同在

花儿就能常常盛开

多情的月亮

车轮滑过路面

发出沙沙的响声

月色明朗

心朦胧

此时好像想起了什么

又似乎没有在想

只是因为思念的惯性才又回到你的身旁

怎样解释过去

怎样忘记忧伤

怎样走出迷茫

怎样让自己不再一次次地回到你的身旁

何时能够心平气和地独自欣赏多情的月亮

美丽的精灵

携着天地之灵气

轻挽飘曳的青丝

你款款而来

秀如茉莉

静如春雨

那轻盈

那美丽

尽在你眼波中流动

在你的眉宇间显露

这样的女子仿佛天之精华

地之美玉

娇媚

柔美到让人不忍观望

唯恐你像一颗露珠

顷刻间融化在晨光里

唯恐你像一缕薄雾

瞬间消失在风儿吹过的树梢上

那个翩翩男子

青衫一袭

自远古

自苍茫

自云雾

自命运的深处而来

为了千年的等待

为了美丽的精灵

温
柔
的
倾
诉

陶　醉

一个季节的开始带来岁月的流逝

一个轮回的结束

闪耀着圣洁的光辉

陶醉在清醒的早晨

沉浸在黄昏的寂静

诗情缠绕在阳光的旋转里

爱语依偎在屋边熏衣草的香味中

缓慢的时钟燃烧着漫长的岁月

放逐的芬芳宛如一池湖水

平静安详

思绪撑着小舟顺流而下

俏丽地一笑

轻佻了水柳

荡尽了桃花

秋水伊人

能否告诉我

你仍然怀念相逢的秋月

我还在等待你遥寄一丝眷恋

在柳绿花开的春天

燕儿展翅飞过蓝蓝的天边

小鹿轻盈地跳跃追逐叮咚的山泉

季节轮回

秋去春来

仍未忘记梨花烂漫

农庄寒舍

还有那秋水伊人的娇艳

相遇在雨季

相逢在秋天

落满浮尘的思念

仍然环绕在青山绿水之间

可爱的孤单

唱着写给自己的歌

抒写自由的传说

一个人孤独地走过

每一座山

每一条河

我固执地厮守着这可爱的孤单

无聊的寂寞

因为自己才是心灵的寄托

爱的色彩

有没有一种色彩能够描述你的爱

在春的风沙中依然感到宛如小桥流水的情怀

南国的雨露滋养北国的瑞雪

热带雨林吞噬戈壁荒滩

有爱

心就暖

有情

花会开

有阳光的宠爱

那羽爱的色彩

就是蓝天上的一片云彩

谜 语

终于学会了爱自己

轻揽几许春风与恬谧

终于猜对了命运的谜语

轻松了心情

自由了生命

为了夜色的温馨

为了摇醒自恋的感情

为了放弃无味的珍惜

为了近乎愚蠢的善良和美丽

爱自己多一些

为了我也为了你

丢失的云彩

想不起来

什么时候丢失了那朵云彩

很难忘记

曾经听过的第一句蜜语甜言

想不起来

为何爱恋遥远的你

怎能忘记

冬雨飘落停留在脸上的痕迹

你优雅的诗句让我忘记了忧郁

也留下几许思念和回忆

我应该怎样解释今春的梦语

让人眷恋的诗情画意

红尘烟雨

快乐如期而至

在田野上跳跃

你的感情平衡了繁琐的心事

看到你就看到了春雨

想到你就想到了甜蜜

我站在天穹的废墟上

张开双臂

绽放羽翼

飞过菩提之乡

红尘的烟雨

终于落在你幽深莫测的心上

无花的美丽

柔美的春雨

青涩的草地

乱世中一片静默的土地

无聊的春季里

只要有雨生命就能涓涓不息

美酒轻歌是凡尘中的韵事

轻歌美酒宛如人间的欢声笑语

捻一片雏菊

绽一朵茉莉

掬一片嫩绿

尝一滴春雨

在青涩的三月里寻找无花的美丽

捕捉你在风中始终飘忽不定的情意

爱的游戏

你推左边

我推了右边

爱情的门便不停地旋转

爱的游戏

便在此时

在这里繁衍生息

等待

是遗憾还是考验

春风最终能否化做雨

小河已经解冻

江水终要东去

墨迹

花雨

就在漂浮的轻舟上

就在你温柔的诗句里

没有结局的恋曲

在你走进咖啡店的一瞬间

我的心跳跃如山泉

那甜甜的凉凉的似乎有一点慌慌的心跳

仿佛一首熟悉的乡谣

慌乱中

窃喜中

迟疑中

你已经与我擦肩而过

坐在窗前的那一张绿色的小桌旁

有一位娇羞的女人正与你脉脉含情地相互对望

我的喜悦瞬间沉入太平洋里

我的心也随之坠入宇宙间的缝隙

又是一次失望的相遇

又是一段没有结局的恋曲

又是一个春雨中的回忆

蓝色的城堡

你搬进了那座蓝色城堡

在一个月明的夜晚

从那以后

每天晚上都有一双忧郁的目光从城堡里向外张望

你在等待什么

如此心急地眺望

消失的已经消失

绝唱即是绝唱

诗歌中的浪漫与忧伤可以静静地流淌

浅浅地淡忘

不会漂泊到无限的远方

飘落的雨滴

当雨水飘落的时候

乌云早已在天上

当小鸟歌唱的时候

太阳已经在东方

当河水流入大海的时候

早已走过了千山万水

当你最终来到我面前的时候

皱纹已经爬到了额头上

雪花早已飘过

却未能带走你眼中的忧伤

春风煦煦不能融化你心中的苍凉

我该怎样安抚你那陈旧的记忆

千年的感伤

静水流年

静水流年在不经意间磨灭了少年轻狂

有氧舞蹈苗条了岁月的欲望

沉溺于自己的幻想

享受一个小乐趣

旧日的陈腔滥调

否认真实的情感

偏爱绝版品的嗜好

让你感到痛苦万分

记载下经历过的清醇

朦胧的少年

不是为了我

而是为了你

葡萄园

如果你是那片山坡上的葡萄园

我就是那园中被你的藤蔓缠绕着的小小绿屋

如果你是一棵橄榄树上的绿叶

我就是绿叶中那一颗最小的橄榄

田野的气息

十分活泼可爱

感染人心

乡木纯情

溪岸幽静

花朵反刍春天的雨露

若想如花似玉

神采奕奕

为何不到这美景里与我一起跳舞狂欢

爱 河

那如脱缰之马的喜悦征服了恐惧

卷土重来

争霸群峰

逐鹿中原

虽然壮观却也细腻感人

那如芭蕾舞般优雅的美感

尽情地舞动

惊人地改变了灵魂的建筑风尚

启发了柔情蜜意

创造了爱之创意的情绪

珍爱的你

当情感坠入爱河之后

还能平安返回熟悉的领地

爵士乐

蒙特利尔的夏天

充满了爵士乐的闲情雅意

轻歌曼舞摇摆着乡村的韵律

古典的情趣

认识我

带上轻松的心情

内心获得平衡就能接近超凡的美丽

相逢于这里

蒙特利尔的夏季

喜欢你的纯情

感叹真正的爱意

就让我举杯

为了你的情和意

城　堡

屹立在山顶的城堡

回归久远的乡镇

如神圣之境

风光如画

甜美怡人

那隐约飘浮的果香

更给沿途如画的风景增加了几许熟悉的乡情

满载创意澎湃的乐趣

沉浸在莱茵酒乡里

尽表了古今的魅力

当之无愧的时尚气息

重拾早已退却的光芒

如梦如幻

无形中就调和了生活的情调

让那苍翠景色在我的眼前

一览无遗

造梦者

谁是快乐的造梦者

谁印证了梦想可以成真

谁是终身不悔的浪漫情人

谁是生命中无望的遗憾

放下飘逸的长发

披上优雅的披肩

让心底的野性奔放

坐拥难得的时尚与高雅

打开神秘的潘多拉盒子

爱就会发芽开花

自然之母

带有雷电的云能够覆盖大地

倾洒惊天动地的雨滴

飓风能够顷刻间带走时间的繁华美景

冬雪凝固了人们的视线

秋风也能吹走浪漫的红叶

自然之母却有喜怒哀乐

在不同的季节

不同的时候

高中二班

高中二班的回忆

如此遥远

竟仍能令人感到心旷神怡

绚丽的青春丰满了无知的乐趣

细小的幼稚点缀了情窦初开的心曲

后排的男生

还有同桌的你

带给我无尽的遐想

还有一点点青涩的美丽

自然的情绪

天真的爱意

算不算初恋的回忆

第四度空间

在第四度空间里自由自在

在自己的部落里享受自由的气息

孤独的可爱

春天的确是属于花的季节

充满了元气

感染人心

春日的漂亮意境

却是千呼万唤始出来

等待再等待

爱的三次方的流行定义

只是一张草图

纸上的婚礼

情感的艺术层次就是一套美学的原理

也保持一点点应有的距离

活泼的爱意

律动了难得的轻松写意

呵护自己

呵护自己爱的新衣

娇艳的羽翼

沐浴春风的柔情

呼吸春的气息

我曾经忽视的暖意

其实就在你的眼睛里

伤感的鱼

没有彩虹的时候

我便幻想雨

忧郁的时候我就去钓鱼

许是在湖光的反射里

可以看见那尾同样伤感的鱼

遇见了你

却仍然想着你

因为你只在风里微笑

只在飘动的云彩里

最是那无言的怀念

最是那无声的春雨

才能湿润四季中最难忘的美丽

一朵娇艳的小茉莉

春天的节拍

纯粹的宁静和活力

浸润在浓郁的熏衣草的香味里

宛如传说中的紫色海洋

温馨的玫瑰尽享心灵的平静与和谐

灵动诱人

闪耀着光滑柔嫩的丝缎光泽

逸清气爽

那一夜

过度幻想

幻想一个隐藏在基因里的秘密

心灵的能量

气定

安宁

致远

那么卓越不凡

那超凡的式样在视野中

也在感官上尽情地调情

与你

与我

爱意便油然而生

挥别一缕情伤

告别无缘的梦想

在云天

在芳泉

换上一套艳丽的春装

踏着春的节拍

歌唱

安妮私语

看 雨

喜欢站在窗前看雨

让灵魂在雨里轻松

喜欢在雨里看花

让心情感受花落的悲伤

很想在你的心田里种下一句爱的魔语

那样

你就会忘记过去

很想在你的心里泼洒爱的私语

那样你就只能爱我这个忧伤

又极易坠入情网的女郎

很想悄悄地告诉你

我心中思念的小雨

就在每一个淡若微风的夜晚

就在可能与你相遇的那一个瞬间

美丽的新娘

从那条古巷的东边到西边

种满了柔软的垂柳

仿佛这小巷是一条河流

那时

每当从你的面前走过

我就像一条小小的鱼儿在水中轻盈地游动

你深情的目光

越过我的头顶

望向远方

你那忧郁的眼神成为我的情伤

因为我知道远方有你心中美丽的新娘

月光般的柔情

你已经听到那盼望已久的花开的声音

也许仍未见到柔软的柳枝

几度花落

夜阑依旧

星光缠绵

聆听你如花语般的倾诉

月光般的柔情

心就碎了

春来了

草绿了

我欣赏柳色的翠绿

等待花开和花香

袅袅炊烟

清晨

不见晨光在窗外

只有繁星在台北的上空

天籁之声始于远山

也侵蚀这心静梦幻

无眠

为了一个思念

海峡那边的袅袅炊烟

追寻红尘的印迹

重复你的诺言

把自己交给大地

交给蓝天

感情浪漫于未然

心情起伏在平静的岸边

花朵的笑容

布满花朵的微笑随处可见

你眼中的微风一如春日的馥郁芬芳

孤蝶羽化再生

翩翩风采瞬间感动了花园

调皮的舞姿

诱人的风采

不经意间就能自然而然地勾勒出华丽的图片

渲染浓密的麦田

田园之风

静美荷花

洋溢着狂想

暴露了触感柔细的香肩

独爱星空

珍惜花季

走出幽暗的小巷

有你

心

就不会孤单

月亮的微笑

月亮在微笑

在淡淡的夜色里

在我飘逸的长发上

我在等待那微笑

还有微笑之后的余音和美妙

我一直都在寻找

寻找生命中的那棵小草

还有花前月下的那首动听的歌谣

快乐应该是人生的主要目标

真实的快乐就是月亮的微笑

忧郁的云彩

远方的那片海

漂浮着诗情与忧郁的云彩

那带有磁性的水波吸引着我的目光

纠缠着我的梦乡

那草

那花

还有那溢满清香的西西里的柠檬

都在日夜呢喃着我思念你的心情

痴情地轻唱着属于你的歌

路边

美丽的风光

如何能留住我

留住我的脚步

怎能改变我对你的思念之情

写意东方

睡莲的悠然

演绎了幸福的概念

月光东方

象征着法兰西般浪漫情怀的玫瑰芬芳

那爱之花虽然典雅

却也融合了自然愉悦的情愫

与这花香相伴

就仿佛置身于蒙迪卡罗附近的农庄

北纬 25 度的秀丽和芳香

如你温柔的手掌

轻轻地抚摸我的脸庞

又好似樱花般朦胧忧伤

陶醉着花的芳香

依偎一个幻想

北纬 25 度的魅力尽在写意东方

你的安妮

三月的小雨如歌如泣

青涩的三月风柔云寂

少有春天的风韵

唯有恋人的叹息

三月的雨水淡淡无味

融合着晚冬的冷酷

早春的迟暮

这时的田野

已经在不尽人意的春色里悄然美丽

如果你静心凝听

就能听到花开的呓语

领受到春雨的灵气与浅春的暖意

我在柳荫下

我在花朵里

我在窈窕的三月里

我在你无语的诗歌里

我

是你的安妮

粉　蝶

跟着一朵轻盈的粉蝶潜行

飘忽着暧昧的心情

低垂的柳梢不经意地划过湖水

在清波上留下盈盈的皱纹

那边

兰花淡然素雅

这一处

灿烂一朵硕大的牡丹

意念吐露谗言

环绕彩蝶起舞

让心在柔波里轻松地游动

那么

春风就能化做花雨

无休无尽

雨中的花香

窗外的小雨静谧安详

如烟的绿草地上有一缕甜蜜的忧伤

你可听到小草的喘息

你可闻到雨中的花香

这样的雨

这样的静

这样的窗

是远方你的思念

还是你诗歌中的吟唱

蓝色的烟火

宛如岩浆的炙热情感

在思念的挤压下膨胀

那好似星云的眷恋却是一颗恒星诞生的摇篮

空寂的夜空

在无眠时尽情地捕捉一个飘忽不定的情绪

正在风中扶摇直上的是飘曳的情思

无法确定爱的芳踪

又如何才能分辨真实与梦境

你看

那燃烧的火苗

橙黄耀眼

可那沸腾的燃点却是橙色之上的蓝色光焰

一朵玫瑰

耕种了一片稻田

收获了一朵玫瑰

雕琢了几片美玉

得到了一块顽石

有心插柳

无心种花

有情有义

情海茫茫

相逢

相遇

相知

相恋

情在何方

橘色火焰

抛弃了那座孤寂的城堡

奔向一个栩栩如生的橘色精灵

你那日耳曼式的粗鲁

蒙古铁蹄横扫欧亚大陆的气势

已经摧毁了我心灵的防线

我在茫茫无际的夜色里

向着那可爱的诱惑奔去

一片橘红色的火焰

可以融化夜晚

让太阳在黑暗中发亮

我向着无法抗拒的欢乐奔跑

即使可能立刻被你吞噬

我的心像光速落入宇宙的黑洞

也像飞蛾扑火般壮观无畏

亲爱的

请不要熄灭那朵橘色的火焰

安妮宝贝

看见雀儿在林间欢愉

看见鹿儿在秋色里跳跃

我如水样波动的思绪

很想在田野上撒欢

你的爱如此美丽

你多情的笑脸像自由自在的精灵

伤感的情绪在你风趣的话语中渐渐地淡化

泪水在你温柔的爱抚下停止流淌

小河东去最终能否见到多情的月亮

黎明前的晨光

站在春色满目的山坡上

让心情无限地释放

释放出安妮宝贝陈旧的忧伤

爱你的安妮

给我一个字

我还你一首诗

弹奏一个音符

我为你谱写一首交响曲

给我一棵树

我还你一片森林

送我一朵云彩

我就是那云中的雨滴

不要走的太急

我还记得你曾经送给我的花语

不要走的太急

太急

留下一点时间

写下我们的回忆

在这首诗歌里

爱你的安妮

彩 虹

就让我放纵地笑一次
在你玩世不恭的感情里
就让我痛快地哭一回
在你若即若离的神情中

在那无边的旷野上
让心飞一次
在那葱绿的山谷中畅快地呼吸
幸福宛如美丽的彩虹
从左岸弯曲到右岸
于是就有了雨
而多情的泪水就在阳光下晶莹
飘去

诡异的色彩

其实

我很软弱

这样如罂粟花般鲜红的刺激

带着血腥

又融合了百度疯狂的酒精

暗沉的夜色在眼前逐渐分泌出诡异的色彩

千柔百媚的心情

你毫不怜惜地剪断了我对你的信赖

那么

就请你离开

征服者

那一晚

在旅途中

与你说再见

那一刻

你的每一个笑容都是我的依赖

你是征服者

我的亚历山大

我怎能摆脱你心中隐形的诱惑

你挥军西去的远征

击败了我饱含泪水的感情

你原始的风韵刺伤了我布满瑕疵的神经

我无法偿还你给过我的深情

因为青春已经斑驳

燕去不再回来

消失的是你的爱

回归的是我的感情

雪绒花

春来得很慢

雨下得更缓

风吹得正柔

春花最烂漫

这样的春谁与争艳

忐忑的心情是不是思念

尽管樱花的容颜与桃色相近

早春的凉意算不算冬寒

尽管冰凉的雪绒花仍在浅春里吐艳

雪啊

在融化

春呢

在冬里抽芽

那窗前吹过的微风

就是我思念你的心情

小 雨

刻下甜美的印记在心海的角落里

让鲜花的芳香渗透大地

想你的时候

心绪如小雨

飘然落下

轻语着思念

心儿走进静谧

因为喜欢你

又不太懂你的心意

所以才把对你的思念一笔一画地铭刻在心里

温柔的倾诉

沉　船

沉没在心灵最荒芜处的沉船

曾经是一个秘密花园

灵感的狂想曲在那里可以喧嚣也能低吟

抑扬顿挫的曲线

华丽缤纷的色彩

柔美着一抹动人的气色

低调的暧昧

纵情地逍遥着浪漫姿态

不造作的随意风采

如此完美的样子

能让大地安静下来

为之歌唱

失落在心底的书香小院

告别寒冬的沉闷

让浅浅的色调散发异彩

一千个留言

我想起那一千个留言

在那个炎热的夏天

弃之不舍的情感

使你坚强又无望地唱响一千首歌

倾诉了一千个思念

在那个没有希望的夏天

你用多情的泪水浇灌撒哈拉的沙漠

你尝试过无数次能融化冰川的呼唤

企图找回那已经远去的白帆

如今你已经能淡然地面对曾经的失落

惨痛的伤害

却依然步履蹒跚地走在尘世间

如果时光允许

岁月可以回转

我愿是大漠中的一粒尘沙

冰山上的一朵雪莲

我要偿还你的思念

用一千万次的呼唤

用一生一世的时间

美丽的代言

你不喜欢那个时候的我

一朵并不芬芳的小花

你只知道花的颜色

却听不到花蕊的绽放

现在花香弥漫在唇齿舌尖

便可以尽情地品尝浓醇与鲜甜交替呈现的快感

纯粹就是美丽的代言

沉醉也是你今生的期盼

看花朵开放

我就在月下花前

普罗旺斯的馨香

做一个孤独的叛逆者

从流浪开始走向一个未知的地方

多边的思维将我引向古罗马残存的辉煌

普罗旺斯的馨香

同行的只有一个空空的行囊

宁愿与你分享现实中的无奈与远古的苍凉

写下悲剧与忧伤

换来一个短暂的快乐和希望

心

可以不必漂泊流浪

流年的碎片

流年的碎片散落在流淌的红河谷中

河水宛如镶满繁星的夜空

清高的沉默

让心情遗落在满载了岁月的方舟中

生命可以灿烂华丽

却无法超越完美或是非常完美

有时

极其风趣的幽默

可以轻轻地加快心律的节奏

带来意想不到的惊喜

一座城池

不经意地走近了城门边的那片草场

看见城门斜斜地倚靠着城墙

不小心走进了那座城池

荷花开满了池塘

裙衫浸满了荷香

秦王的战马在殿前小息

贵妃的倩影在月下曼舞轻歌

寻寻觅觅

屋宇飞檐

水趣幽帘

素酒夜风故人醉

有谁依旧眺西山

天方夜谭

在午夜之前

我就要离开这里

因为

神圣的魔法会让我恢复记忆

灰姑娘的童话在现实中延续

终将素颜面对梦境里千百次出现的你

阿拉伯的魔毯

丘比特的穿心之箭

能否带我到你的身边

让天方夜谭的神话在午夜的月光下蔓延

彼岸花

那条崎岖的小路是通往彼岸的捷径

为了来自唐朝的轻唤

我怎能舍近求远

曼朱砂华的诱惑让我舍身前往

那一株两艳的传奇

那相互思念的一体

胜似离骚一曲古典的美丽

最是那双花公用一颗心的故事

让人泪水倾洒

如果可以如那彼岸花

那么当我在水的那一方时

就可以将思念留下

白色的茉莉

灵魂醒了

在呢喃的秋雨时

在晶莹的花露上

在清晰的指纹里

在千帆过尽的年轮中

灵魂苏醒了

强韧了一缕轻盈的弧度

散发出细腻温润的蓝色光泽

灵魂在反向的创意里记忆

染红了一朵白色的茉莉

旧事流年

追逐着心灵的悸动

远眺明眸中的美与静

飞扬的花雨落在仍然浑浊的溪水里

岁月的早逝如利剑划破娇嫩的容颜

增添了岁岁年年

情感的律动共鸣了诗歌

沉淀在心底的旧事流年

一抹鹅黄

就这样走来

于空灵的缝隙间

让梦境在白昼悄悄地蔓延

宁静的文字

飘逸的语句带着嫩绿的诗意

翡翠如果是春阑与秋凉的解释

那草地上的一抹鹅黄

便是夏季里的野雏菊

彩色墙壁

用足尖丈量宇宙天地

岂不是幼稚无比

用宇宙丈量每一片爱意

那样能否读懂你心中的诗句

精心地装扮自己

粉刷出一个充满色彩的墙壁

希望能够吸引你

返璞归真

天赐情缘返璞归真

渗透了浓郁的情伤

却仍然流露出对纯真的渴望

情感在历经沧桑后

绝处逢生

末路菩提依然清新

古典的忧郁

忍俊不禁的热恋

兰花般的幽静

情缘的浪漫

果然是语不惊人誓不休

一种感觉

崇拜婉转的诗韵

相信温故可以知心

让时间静止在初遇时的甜美

骄阳抚爱下的芬芳

为苍白的年华渲染一笔层次丰满的情意

颓废的文字

精湛的叙事

带着墨香和纸张的触感抒写爱意

诗歌的起点本是一种感觉

却也渗透着无尽的优雅与感伤

千帆过尽

一段情隐藏千年

精确的舞步

再添一笔舞者的灵动

情诗因情而名

这样的舞者丰沛着终极的信仰

这样的孤寂

耐人寻味地困在诗歌的囚笼里

如一片废墟

抒写着叶片的脉络

不重复过去

翻开书卷

阅读你

在诗里

与你不期而遇

隐隐感伤的诗歌

源于朴实无华的感情

也歌颂千帆过尽的惆怅

在水一方

美丽极致的樱花

颤抖着一树的风情

金色的麦田

摩登着俗气与高雅

森林飘散着松露的馨香

白色的小屋

闪烁着片羽吉光

诗人深陷于没有灵感的痛苦

泪水仿佛半个女人半个婴儿

情愁不是感情的终极向往

樱花一树感叹伊人在水一方

相思的土地

就这样静静地想你

脸上充满了甜蜜的笑意

华丽的滋味

温醇的香气

变换无穷的魅力

耕耘着一块相思的土地

那精致的色彩及元素

极致细腻地娓娓道来视觉焦点的主题

也将一丝不苟的风情玩弄于股掌之上

那经久不衰的情愫不是梦

那风化了的岩石继续休养生息

那充满奇想的波西米亚感觉的色彩

那不落俗套的荒诞

就将思念缩短到人与人之间最亲密的距离

四十五公分以内

台北的冬雨

不愿触摸那一段敏感的海岸线

离愁曾经在那里上岸

逍遥的情思痴舞着叶片

香尘蜂拥着沙滩

云的神韵飘过海岛

带来了北方的思念

台北的冬雨绵长寒冷

宛如忧郁的瘦影

秋风里的夜窗

那些雅诗离歌

飘然飞絮定是你心灵的花语

更是我心中的情绪

王者归来

没有你的花园

花朵不鲜艳

没有你的夜晚

月光不浪漫

没有你的诗情

春天走远

没有你倾城的爱恋

诗不再缠绵

细雨中的思念甜蜜温婉

那悠然的青草在脚下伸展

走过雨中的木桥

能否听到你的轻唤

见到你的笑颜

春雨里用鲜花编织一顶皇冠

等待我诗歌大地上的王者归来

天然醇香

经历了今生必经的感动

以及很多有关爱情的印证

情感的迷思依旧继续永不停歇的脚步

思念的逻辑便是

在遥远的地方仍然眷恋着彼此

即使在天涯海角也能散发最舒适的天然醇香

星辰不可能沉没

耐心的等待也是如此

淡淡的乡愁

那朵花

那春天里的花

那春天里娇艳的花

带给我淡淡的乡愁

我想起在水那方的枫叶落满的小路

秋色尽然的天空

还有那秋水伊人的湖光倩影

是否美丽在哪里逝去

最美好的记忆留在哪里

那里便是故乡

曼陀罗

不相信轮回

却也欣赏曼陀罗的魅力

时间直线流逝

好像彗星的尾部划过夜空

我们无法再在同一个时空相遇

今生或永生

即使未来能带你返回曾经

可是

那毕竟是过去的尘埃

而不是曼陀罗轮回的尘世

心静如水

当心静如水的时候

就不再有涟漪

为了一些事

一些从前为之泪可以流干的事

那些阳光灿烂的日子

欢愉了谁的笑脸

那金光洒满了的时代

又记录了多少青春的欢乐

过去的已经过去

因为那是生命的必然轨迹

早春的太阳

一双含蓄的目光

在远方张望

好似我心中的忧伤

近在咫尺的遥远是晨风里的细雨

晚霞中的思念

早春的太阳缓缓地走来

轻扬着纤细的光

风中的女郎

我的爱人

每当想在你的面前保持幸福的姿势

心却过于软弱总是让泪水流下来

思念淹没了花期

推迟了雨季

在西方以西的地方

能否见到太阳的光芒

风中的女郎等待秋雨的飘落

向往云朵的家乡

天使的翅膀

众神之王宙斯的神杖

一如在神话中张开天使的翅膀

带我飞跃梦乡

轻易地落入你的手上

漫长的岁月似一段柔和的线条

划过纸笺

连接你墨迹轻染的诗篇

情感不是菩提的清欲

雪花的淡然

而是壁炉中浓烈的火焰

流浪人

行走在奢华里

沉浮在情海中

烟雨袅袅留下美丽的情殇

流浪的人

疲惫的心

故乡在何方

指南针的指针早已锈迹斑驳地指向虚无的空间

在孤独的梦里

华丽的流浪人回归纯朴

为了故乡

生 灵

让我们慢慢地写下回忆

在慢慢经过的生活里

雕琢叛逆的诗意

抽象的设计

钻木取火的记忆

稻草人在田野里守护着秋雨

也欢愉了春意

栩栩如生的生灵

吟唱着罗马神话的奥秘

荷马史诗的壮丽

让我们慢慢写下记忆

在缓缓流过的时光里

虽然诗歌饱含了忧郁

但是美丽的爱情

终究是一种永恒的回忆

心灵的写意

被驯服的孤独走进了千年的等待

难以言语的欢乐重现了原始的风采

那融合了心灵与水墨的写意

解脱了自我禁锢的枷锁

诠释了情愫的含义

神秘的情缘缠绕着忧郁的美感

就在花蕊甜蜜的怀中

等待你的到来

安妮私语

乡 宴

推开时空的门

走进爱的宫殿

你心中的后花园

从遥远的冰河期赶来

带着充满野性的原始的美感

高山河谷的气质在爱的轮廓中彰显

在静谧的心乡中缠绵

鲜红是热情百花是灿烂

白色就是加国冰雪里穿上蕾丝的冷杉

亲爱的人

你的诗是充满风情的花园

你的情宛如故乡迷人的乡宴

情感的咏叹

收藏婉约的情

于千年风化的穹顶

水样的情感轻拂女神的裙摆凌空舞动

优雅的诗歌吟唱着和谐之韵

恰似黄金比例的完美

戈康达钻石的纯净

缤纷的侵略宛如拜占庭帝国的史韵

鲜艳的色泽炫耀无比

墨曲演绎了一首情感的咏叹

香气逼人

安
妮
私
语

寒舍看荷

令人怀念的关爱是不是纸上的墨迹再次分解的色彩
留在手上的暖香能不能捕捉灵魂的内涵
喜欢花朵瞬间绽放很快枯萎和涂鸦布满的墙面
在意刺青环抱的脊背与胸膛

寒舍看荷
守护着一份情
也透露出一点点说不出的不确定

巴黎的左岸

极其简约的爱意

来自青春留下的印记

爱果然是无关华丽

花朵的朝开夕凋

勾勒遐想的主题

绚烂到几乎不真实的美丽

最舒适的爱的感知在巴黎的左岸

也在泰晤士的河边

当花蕊不是随意地吐露

而是经过静心雕琢之后的美

即使残留

也有一种灵性的魅力

秋收的马车

不想再次错过在时间的路口

却未能找到装满苹果的马车

迷失在街边的转角处

诗歌的长句中

猫头鹰被乌鸦追赶着落入灌木丛中

肥大的松鼠吃着陈年的秋果

黄莺唱着四季的旋律

提醒我

秋收的马车怎能停在春天的交叉路口

花开的呓语

花语在阿尔比斯的花园飘落

如雪的白色约定伴着花开的呓语

请听

那就是花开的声音

读你

懂你

如果这是天意

初醒的睡莲

那一转身的浪漫如此光彩照人

文雅的谈吐就醉了初醒的睡莲

诗中的暖意轻柔了思念

芳香了满室的春

欢愉着心中的爱恋

苦味的花香

花开的季节有多长

是否能长过青春的快乐

星星的闪亮

亘古的荒芜上种植了歌的悲伤

诗的苍凉

思念的目光穿过夜的黑暗

草原上的羊群

春波苇荡的荷塘

寂寞的梦乡

采摘一朵紫色的莲花

灰尘下的玫瑰

别在心上

品尝那苦味的花香

黄昏的小岛

黄昏里的小岛

那样妩媚

那般娇小

落日给小岛换上彩衣

晚风为小岛梳妆

她在等待谁

潮红美如霞

孤独的小岛衣裙轻飘

海风猎猎

黄昏里容颜衰老

海浪席卷了悲欢

鲸鱼吟唱着歌谣

黄昏里的思念是粉裙上的轻纱

秀发上的野草

浅浅的春色

一树春花乱舞

惊醒了梁上的乌鸦

谷仓里的鼹鼠

积雪融化了

喜鹊的叫声带来早春的声音

浅浅的春色

淡淡的春情在树的阴影中晃动

那轻盈的不是春花的艳影

是红河上苏醒的波澜

是安大略湖上的点点白帆

是泥土中正在萌发的嫩芽

是我想念你的心情

在你柔光似水的眼波里的跳动

忘记我

忘记我

在河水西去的时候

记住我

在茉莉花开的季节

吹笛人在柳树下小睡

等待温暖的阳光叫他起床

箫声响起余音缭绕琼楼玉阁

请你忘记我

如果你的温柔只是晴空上的一片云朵

流年的沧桑

花季的青涩

至今仍在记忆中漂泊

因此

忘记我

也请你记住我

秋天的收获

我去了

你来了

就这样在爱的路口错过

路边停靠的马车载满了清香的苹果

告诉我秋天的收获

春雨里的黄雀

湿了一身的羽毛

仍在枝头鸣唱

倾诉春天里的快乐

岁月缓缓地走过心中的小河

摘下几片凋谢的花朵

你去了

我来了

就这样在季节交替的时候

我们又一次不幸地错过

乡村小屋

囚禁孤单的心灵

在灰色的花园里

手捧一束玫瑰

再一支一支地抛向大海

温暖的小岛上

你唱着昨天的主题歌

讲述梦里与亚当的约会

我向往一座前生的乡村小屋

奇妙和疯狂的缘分在花园里滋生

在这个让人窒息的美景里

我们将会是多么的幸福和快乐

蓝色的梦乡

维多利亚港上漂浮的小船

扬起一朵纤细的风帆

远远地望去

竟不知她是正在进港还是在漂洋出海

远方的夕阳洒下金色的光芒

海水渗入蓝色的梦乡

小船凝视一轮美丽的月亮

沉默着

在几乎静止的水面上

我想变成一条鱼

与你相遇在海里

我愿是小船上的那朵风帆

与你擦肩而过在海风里

我想变成维多利亚港上的那条小舟

与月亮朝夕相伴

海浪怜悯凋零的岁月

你的诗歌就是海边月下那片柔软的沙滩

一朵秋碟

你的情感是一朵秋碟

闯入春天的世界

你的情感是沙海中的绿洲

在荒芜上点缀春的颜色

你的情感是一片祥云

唤醒了沉睡的灵魂

你的爱是尘世中的小屋疲倦心灵的安慰

浮华的宫殿是贵族的家园

海边的沙堆是感情的终点

那从远古走来的爱恋能否连接地老天荒的誓言

悦耳的情诗

古韵的悠然最终落入西山

莫言春雨似美酒

秋碟浪漫最温柔

花　期

在一个早春的清晨

灵魂相约春天一起来到人间

为了美丽的春

竟早到了一点点的时间

在浅春的时候

花朵稀疏

树影斑驳

早已注定了今生的忧伤与寂寞

就在你呱呱坠地的时候

你为了爱来到这个世界

在情人节的前夜

寻找转世的情殇

你飘曳的裙摆轻拂着云彩

哀怨的歌久久地停留在彼岸

花期遥遥月光幽然

一泓春水淡薄了浪漫

依依倩影孤行在疏柳湖畔

宁静的夜色沉睡了清高的白莲

飘浮的云彩依然留恋遥远的春天

一江春水

我们相逢在冬季的雪花里

你忧伤的诗歌带来飘零的回忆

仿佛一个亲密的知己

浑浊的记忆里流动着孤独的情绪

淡薄的身影在乡间小路上流浪

看不到前往的地方

我们在春天里相遇

你忧伤的诗歌使我的心充满了醉意

你抚摸着我的伤痛

轻声地叹息

在春雨里

久别的人

请你加快回来的脚步

因为那一江春水里有太多的思念与回忆

秋日的私语

把你的爱做成一座雕像
这样你就不会离开
把你的爱绘成月下无色的花朵
这样你就不会只在春天里采摘
秋日的私语实为夜空里的星星
紫色的小花眷恋乡间的草地
孤寂的心沉思着故乡的月亮
香炉里的尘烟在天国里飘散

是谁
说爱情如此短暂
留下的是悲伤延续千年
沉睡的永恒
枯萎的梦幻
请原谅那些醉后的谗言
似曾相识的风烟
古老的短暂
难道就是流淌的春水
翱翔的鸿雁
赞美辽阔的情海
红尘里的爱恋

风度翩翩

你风度翩翩地来到我的面前

我却想坐下来静一静

先轻松地倒一杯咖啡给你

然后给我自己

我知道这是最后的机会

我不想失去你

因为

你爱一个人的方式真美

在你的目光里

我看到了你的痛

因为痛

你才把自己封闭

你的诗真美

每一首诗歌里都有我在寻找的爱

请你表白吧

就在现在

秦岭上的晚霞

请远在云霄上的暮色替我远望

那秦岭上的晚霞

那晚霞是不是也有孤独的时候

沉睡的白鹤惊起湖水的涟漪

湖水里却没有冬季里你的思念折成的那尾鱼

当温暖的阳光照在湖面上的时候

就是新的一天的开始

那时我将听到箫声在湖边响起

为了又一个美丽的早晨

一瞬千年

感情的囚徒在红尘的枷锁下挣扎

为了一个无法忘记的情感

宁愿等到雪花飘落

浸湿华发

遥遥花期

寥寥数语

已能抚慰禁闭的心灵

一瞬千年

你仍然是我的唯一

一池春水

在烟花的灿烂里忘记了一个约定

只让心情放纵地雀跃

喊哑了喉咙

那瞬间的释放

刹那间让千万缕的热量飞上天空

也如一生一世那样漫长

走过了这个时刻

记起了一个约定

从此不再悲伤

蓄满一池春水

牵手彼岸的风光

连接放飞心灵的世世生生

雪中看柳

给灵感一片天空

让梦穿上彩色的羽裳

晶莹的雪花欣然飘落

在桃花即将盛开的季节

春之声唤醒了多少沉睡的精灵

摇醒了多少冬眠的生命

灵魂与躯体的亲吻惊扰了甜蜜的梦境

灵性的柳絮醉卧寂谷幽兰

重复着呓语呢喃

一枝春花在手

与你雪中看垂柳

灵魂苏醒了

午后

在柔和的春风里

聆听你的声音

温柔的话语

幸福就是这么简单

当思念化为一缕情丝

连接了两颗相通的心

就已经幸福溢满

与世无求了

窗外几只不知名的鸟的甜美叫声

延续了幸福的感觉

许是灵魂苏醒了

在春天的呼唤中

高山流水

当春风吹过垂柳的末梢

就绿了湖光河畔

小草也青青妖娆

这片翠绿的春色

能否带来美丽的情调

轻松的心跳

久违的春雨滋润枯槁

生灵万物在雨中欢叫

这是春的声音

生命的呻吟

此时是谁在轻吟一曲高山流水

纤手绘春潮

◎妮歌 著

安妮私语 下卷

Anni siyu

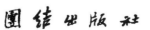
团结出版社

安妮私语

Annie siyu

寒 春

雪飘尽

杨柳便轻柔

春光一缕梅花一瓣淡淡清寒

四季始于春

止于冬

如此循环往复

所以才有了明月

有了春水

有了冬雪

和浪漫的秋夜

岁月逝去见证红尘

也为我和你带来雪花的约会

寒春里的丝丝暖意

温柔的倾诉

百 合

我本来可以悄悄地走开

从此不再回来

但是这一次却不行

因为有你在春风里等待

冬季的寒冷还未走到尽头

一朵百合已经绽放

与雪梅争艳

与春桃并肩

在微寒的早春时候

江水才暖

雁影才还

嫩柳鲜荷春风温暖更胜往年

诗人桥边不孤单

美轮美奂

一弯春月在浅河里婆娑

山影在月光中渐渐清晰

心中的你

轻吟着

你那绝美的诗句

目光里盈满了爱意

想念你

在梦之湖的柔波里

如水的月光下

有清幽温馨的涟漪

乡音

故土

还有你

都在这美轮美奂

春意盎然的诗意里

罂粟花

晨曦在神灵的光彩中飘荡

楼台仙境倒影河柳花香

红唇良宵细语美酒花冠

罂粟花在西岸盛开的正艳

橡树的身姿在春里遥望杨柳之青山

百叶窗斑驳蓝色的光线

枫叶静止了幸福的梦乡

嫩草掩盖了废墟

农舍里浸满燕麦的醇香

春的歌如浓酒沉睡一片心海

你我就泛舟在这寂静的海面

花儿不再凋谢

细语倾诉爱恋

轻舟远离裸露的海岸

春色掩埋了忧伤

你的情感就是春天里的一顶花冠

烟 花

春天来了

今晚的烟花是报春的精灵

这精灵在皇城上空热烈

这火焰在新春里燃放

唤醒万物

记忆里的歌声在海的那边听过

在故园里唱过

童年的琴韵伴随着岁月

留下美如烟花的诗歌

绝美的心跳

荷叶无愁繁花暖雨蝶

落叶轻唤来自盘古的温婉

星辰吞没塞外的雪夜

日落中的雨巷留恋遥远的秋天

一树海棠醉舞

小溪无语依旧如烟

流水漫过不老的山峦

闪电与阳光在雨后交织出神秘的绿色

温愉的春回声古老和青涩

带露的梨花迷醉绝美的心跳

今晚的烟花

一袭衣香

雅园深歌涟漪着软软的波纹

几瓣桃花在女神的裙上编织着花丝

记忆的碎片在欲望中迷失

岁月无声地描述着诡异的镜像

女人的第六感在浅浅的河流里婆娑

湖水映月也艳影了一湖的青莲

最是那诗歌里的温柔

耕耘了一片泥沙

点燃了万水千山的星辉

在无比温柔的黄昏

沿着解冻的小河

手握一盏红灯笼

在弯月下摺舒一袭衣香

照亮翠绿的草

寻回遗失的忧伤

你心中的诗行

细水长流

春已近

摘下最后一朵诗情画意的冬花

让这很美存于心底

不再融化

送上飘逸的晚霞

彩云下

静听你委婉的诗韵

箫声里

低语月圆月缺

细水长流的浪漫童话

神的光芒

总以为自己已经足够坚强

可是每当思绪碰触到敏感的痛楚时

泪水仍然不由自主地流淌

每当身处最艰难的处境的时候

当心灵无助地呼喊的时候

那时无论何人的关心和帮助

都将使人永生难忘

我知道

每一次

每一次

伴我度过黑暗的都是神的光芒

寂寞的心

寂寞的心淡漠了明月

清澈的眼眸倒映星光

一曲乡音拨动甜美的情感

一句眷恋倾诉温柔的思念

小河的韵律弹奏秋天的诱惑

小鸟的欢唱共鸣秋叶的悲伤

与你咫尺相望

却无法抚平心中的感伤

晶莹的秋露

晶莹的秋露

在小草的尖上闪亮

微黄的秋叶

挣扎着再现春光

野花在秋风中歌唱

蟋蟀在朗读着秋韵与秋光

柔软的细雨轻点露珠

映照晨曦里的红日

浅浅的笑意倾洒心底的感激

爱恋铭刻在深深的目光里

幸福在时间的长廊里游弋

召唤心心相印的美丽

无比快乐的情绪

静美的秋凉

静美的秋凉环绕圆圆的月亮

温柔的你望过来欣赏的目光

秋虫欢快的鸣叫

秋碟舞动斑驳的翅膀

心情在夜色中翩跹

无意中落入你轻佻的心跳

愿为你守住匆匆的时光

愿为你在他乡静静地眺望

眺望东方的太阳

我心中的阳光

细雨　小河秋雾

是我的情感

秋叶　黄土　村庄

是我心中向往的地方

忘　记

忘记吗

可以

忘记也应是一种幸福

蜜蜂与蝴蝶

哪一个更温柔

荷花与雏菊

哪一个更美丽

我追求原始般荒凉的静寂

崇尚没有传统约束的自由独立

所以

请你不要幻想

幻想一只充满野性的蜜蜂

落入你的书房

也请你不要悲伤

小小的雏菊也可以在田野里

无拘无束地开放

温柔的倾诉

旧照片

旧照片上的笑脸

留住了怎样的欢颜

五彩缤纷的节日

欢愉了谁的心田

留在心中的感叹

怎能替代真实的今天

昨日的笑容

明日是否仍然灿烂

四季静悄悄地转换

笑脸依然

云儿带走了思念

带来了雨季的柔情

花季的缠绵

擦肩而过

柔柔的风无声地吹过

在有些凉意的早晨

雀儿睡了还未苏醒

无眠的心在呼唤着黎明

两个人相遇在微明的街道上

却又擦肩而过

这也许就是所谓的千年一遇

万年相逢

每天每时每刻

有多少这样的擦肩而过

又有多少同样的遗憾和感叹

有多少人珍惜这千年万年的相遇与相恋

又有多少人错过了花好月圆

一阵秋风

摇着一叶小舟

在你的心海里轻游

微微的涟漪

在船边舒展甜美的笑意

叶儿跟随船桨摇荡

荡出点点的波光

清晨

露水在雾中晶莹

仿佛我唇边的泪珠在你的心底滚动

晨风轻轻摇摆透明的衣衫

环抱着我单薄的身躯

秋叶落满的池塘

不再映照明月的光芒

原来

秋的凄凉竟是爱情的乐章

可是音韵却不太流畅

原来

琴声的优美只是炫耀华丽的音符

和陌生而又不经意的幻想

爱镶嵌了淡淡的忧伤

也轻易地幻化成一阵秋风

随着多情的季节飘荡

温
柔
的
倾
诉

秋天里

一个人在秋天里

呼吸自由的空气

一颗心

在秋季思念不存在的雨季

浓艳的色彩装点了秋林

黯淡了情绪

小雨倾洒欢愉

落叶留恋夏季

清澈的湖水倒映了彩虹般的光影

还有

还有你那蒙眬的爱意

诗人的行囊

流星似火跳跃在夜色里
忧郁的心情从远方飘然而过
游荡青草的湖水
沉淀着无名的快乐
路边
诗人的行囊装满了星光
河畔
碧波流淌着涓涓的水韵
轻灵的诗歌

我轻轻地走近
走近月光边的雾霭
抚摸阵阵清香
柔软的深情
在夜的浓密处
有雪深藏其中
在雪的光亮里
游动着生命的羽翼
今夜
将燃烧的情感放逐天涯
如流星的光彩
点亮秋光粼粼的水域

一地雪花

纤手轻扬洒落一地雪花

在红叶还未飘落的时候

我已经见到冰雪覆盖的松林

秋雾袅袅的家乡

心飞过海洋

踏上久别的土地

拥抱冰凉的月亮

花儿早已凋谢

草儿已见枯黄

我抚摸熟悉的晨光

亲吻黄昏的太阳

你在哪里

我呢喃着私语

你在哪里

秋水里的小鱼

你是否早已带着我的思念

游向

冬季

加国的小路

伴着秋日的凉爽

散步在林间

听黄昏的鸟语

用玫瑰把忧愁妆点

大自然的声音在秋韵里轻荡

悦耳的诗文像灵动的森林仙子

跟随生活的节奏舞动

伴随爱情的节奏欢畅

想起法国乡村的甜美幽静

巴黎左岸的古老辉煌

枫叶殷红的加国小路

无人相伴却完全属于自己

自由自在的地方

美丽的秋天

我的情殇

草木一秋

忘记草木一秋的凄凉

在夜风中欣赏星星的光亮

忘记不愉快的时光

与你遥遥相望

那一片星海

漂浮着夜色

承载了月光

你是那星海中的星星

一颗离我最近的光亮

有你

心静如兰

有你

夜色也灿烂

华丽的外表

在华丽的外表下

爱只是一个骷髅

游走在心的中间

停留在每一个敏感的角落

在甜蜜的外表下

爱是一个精灵

捕捉心的感应

再让人泪流成河

爱在哪里

爱是什么

我有我的幻想

你有你的猜测

北京的秋天

以为北京的秋天已经离我很遥远

却没有想到就在身边

以为这里早已是记忆

却没有想到美丽就在眼前

虽然不见红叶烂漫

却有秋天的温暖

虽然没有晴空万里

却有白云相伴

虽然离你很近

却仍然好像很远

虽然思念

却未能够拥有你的情感

啊

如此亲密又陌生的

北京的秋天

一个人的情感

一个人的情感随着外界的变化而有所不同

尽管如此

心仍然固执地追求着曾经的感情

不愿面对现实

爱一个人的惯性

就像已经进入了轨道的卫星

无法自动停止运行

非要等到撞上什么物体以后才能改变方向

可那时一切早已粉身碎骨

那些碎片从此便进入了浩瀚的宇宙

不能回头

温
柔
的
倾
诉

沧桑的野花

从一条弯曲的小路
蹒跚地进入林间的绿荫
情
就这样喘息着
期盼一个惊喜

沧桑的野花低垂着美丽
轻柔地呼吸
雍容的草地丰满了窈窕的羽翼
情仰望一线光明
惊叹这原始般的荒芜
陶然的感性

奇妙的意境
有草有花
还有那丝丝落下的光
感动了情
也感动了远古与光明

安妮私语

一缕洁白的云彩

当雨水带走了云雾

当情感像蓝天一样清澈宽广

心就沐浴在春风里

明媚的阳光下

不必思念

因为你就在我的眼前

不需要感叹

因为这情感就是生命的再现

让我的微笑带给你一片绿叶

让你的爱化成一座远山

一朵洁白的云彩

枯萎的树叶

身后是正在枯萎的树叶

前面有冬雪在等待我的归来

我那并不轻快的舞动

此时已是蹒跚的步履

仍然留恋那些悬挂枝头的叶子

却也渴望飘然而落的冬雪

仍然难舍你心中的爱恋

却也不得不回首往事如烟

夜如墨的色彩

可是诗情烂漫

月如秋的清凉

可是诗人的等待

回首

季节好像你的感情

你的感情一样的短暂

一切都在蒙蒙细雨里

一切都在蒙蒙细雨里

台北像一个娇羞的新娘

用婚纱遮盖着自己的艳丽

等待欣赏自己的人走近

揭开那薄薄的面纱

我缓缓地走近她

慢慢地使那红颜轻露

啊

你依然美丽如初

想念你

如此的刻骨铭心

情感的驿站

若是有情感的驿站

应该就在眼前

往前抑或往后

往左还是往右

或者停留

其实我已经知道

不必等到清晨的时候

情感的驿站客满

路人都需要抉择

在感情的十字路口

安
妮
私
语

星期天的早晨

星期天的早晨

鸟儿无语

想必它们也休息

天晴

却有云

微风吹

树不动

园中

如此寂静

可以感到花香的波动

若说春晓无眠

却有些过早

在这个时候

或许因心情愉快

才早早地醒来

因为有你

有你在花园中等待

温柔的倾诉

驼 铃

深沉中的浪漫

轻佻了重彩浓墨

却也平添几分淡粉

柔情

如河水流过沙丘

叮咚着串串驼铃声

飞翔万里

飞翔万里

只为缩短一段距离

吟诗千首

为了你的回眸

寥寥数语

短短几日

并非漫长

等待

一个值得的爱

飞翔千万里

为了拥抱同一个夜晚

没有时间的差异

你和我在同一个时间里

古色古香

把冰雪留在了北美

相约鸟语花香

独自坐在香港家中的院里

陶醉在温柔的阳光下

枝头鸟儿欢叫

墙头粉梅飘香

一片静谧的天空

相伴悠闲宁静的心情

写一首诗

听一只歌

在这世外桃园里

再读你潇洒

古色古香的诗文

停留在你多情的诗句里

不太美丽

你任性地带走了我身边的云彩

只留下一句温暖的话语

那裸露的土地

丑陋着冬季

丰腴的绿

还有洁白去了哪里

在你的身后

一串串清晰的足迹

随着雪花消失在泥土里

没有了你

这个冬季好像不太美丽

悠扬的飞絮

试着不去想你

无意间又碰触了思念的涟漪

情感的脆弱在于

那脆弱并不属于你

她来自湖边悠扬的飞絮

春雨里走来的还不认识的你

遥远不是距离

心倦使人远去

古老的图腾

古老的图腾演绎永久的过去

那挥之不去的忧伤

已经深深地刻在了图腾柱上

诗人是背负爱的十字架的使者

他背起忧伤

把美丽的诗句留在世上

朦胧的地方

因为有星星

今夜的天空很生动

今晚

我要飞过那片海

那片夜色中近乎紫色的海洋

去香江

让香江的水

风一样地托起我丰满的翅膀

回故乡

回故乡

梦里

那个朦胧的地方

温柔的故乡

今夜

你会来吗

那满天闪烁的星光

哪一点是你眼中的光芒

今夜

你会来吗

与我相遇

在天空

海洋之上

温柔的梦乡

雪候鸟

你不回答
一定有你的心事
我继续独自前行
于茫茫云海
脚踏红尘

不过
我仍然会回头 寻找灵魂的倩影
停留
不
人生有太多的等候
不如带着挥之不去的思念与忧伤
飞翔
变作一只你喜爱的雪候鸟
好似不经意地
轻轻地呓语着
跌入你的掌心
啊
请你原谅
那远方的雪候鸟
惊扰了你的梦乡

浮华世界

昨晚

圆月明亮

色青如雪

从天窗探入室内

凝望着

含情无语

像远方你那双含蓄深情的目光

有你

这宛如清宫后院的府邸

浮华世界的喧嚣

也有了些许诗情

带着爱怜的暖意

冬与春的美景

人来人往

神色匆匆

唯我独去独行

圣诞的喜悦

亲情

浓抹着这一隆重的节日

阳光满室

寒冬里

竟也温暖如春

是否因你的那份诗意的情

与深夜的守候

此时

我可以独揽冬与春的美景

性感的夏天

在性感的夏天里

花朵写下美丽的日记

蜜蜂的女王卖弄风情

蚂蚁的蚁后挺立着纤细的腰肢

丰满的形体

妖艳挥之不去

盛夏里生命盎然

时间的步履轻盈

河水流淌带着弹性

阳光调色出多情的彩绘

找寻快乐

得到爱

也不会忘记

你独特的美丽

妩媚的月光

妩媚的月光缠绕在夜色里

把星星编织成风铃

长长的雨丝穿越星空

发出悦耳的叮咚声

幻想不是梦境

淑女在窗前梳妆

落叶围绕着春花

冰雪凝固了晚霞

晨曦倒影湖水

原野葱郁

挑逗着生命的情欲

于是春就这样旋转起来了

草呢

小草羞答答地绿了

却也掩饰不住跃跃欲试的心情

你已经走了很远

你已经走了很远

我仍在相遇的地方流连忘返

你已走了很久

我却仍然迷恋于梦幻

迷失在遥远

悄悄地数着时光

心却不愿与光阴同去

万里之遥的距离仅有一线相连

青春幻化出的情感

脆弱到

一剪即断

温柔的倾诉

青涩的橄榄

青涩的橄榄挂满树梢

橄榄枝柔柔地在风中逍遥

远方的白云拥抱着田野

亲吻着蓝天

花与蝶的蜜月缠绵着水乡的情思

少年的岁月沉浮着幼稚的幻想

为爱而舞的舞者

为情而唱的诗歌

恰如田园般自然的生活

汇成了最叫人倾心的完美之作

为爱轻狂

为谁而歌

泉水流过的地方

泉水流过的地方会有浅浅的

潮湿的印记

爱过的情感里也会留下深深的

难忘的吻痕

温柔的倾诉

快乐的鸟儿

思念仿佛藤蔓

在晚风中聚散

在阳光下蔓延

海那边

海这边

有情丝缠绵

风的语言

水的浪漫

未能唱尽情地灿烂

时光的久远

望向遥远

遥远的天边

是否有一只快乐的鸟儿

逗留在海边

等待着春天

彩蝶似花瓣的魂

彩蝶似花瓣的魂

在盛夏的午后飘逸嫣然

月光如春季的雨水洒下

洗净了夜色的黯淡

心情的怅然

花儿静静地吐艳

云朵缠绵着青蓝色的天

那遥远的雨季仍然出现在梦乡

喜欢望着闪烁的星星

淡淡的月亮

等候那悄然而来的黎明

等待黎明中的太阳

磨坊旁的小村庄

浮萍漂浮在水面

随风

水草荡漾着彩霞的身影

舞动

鱼儿欢愉地在水底

轻游

故人眺望炊烟袅袅的渔村

雨水过后的季节

带来了秋天的果香

醇酒的芬芳

等着你

在果园中的树下

在磨坊旁的小村庄

渔　网

摇曳的渔火网住了斑斓的闲荷

五色的蝴蝶斑驳出万点烟火

蜻蜓瑟瑟抖落花丛中的月亮

多情的柳枝挂满了神伤

风姿浅韵渐入佳境

深眸浓淡倒影轻盈

朦胧半月风情万种

渔网收割几多心事

几许幽情

网住了你

也网住了爱

种植爱情

如潺潺流淌的小溪

如清澈奔涌的山泉

在那青翠的山谷间飘动着一缕花样的情感

当太阳亲吻那朵跳动的花蕊

那片湿润的田野

心就升华到一个缥渺的仙境

进入一个古老的传说

情与欲的结合

爱就这样被种植在天穹

爬满了山坡

孤独的美丽

清秀的过去

浓郁的真实

淡淡的茶香

暖暖的空气

静静地想你

心事带来了甜蜜

无雨的夏天

清凉的夜色

微黄的草地

孤独的美丽

一个人在花香里陶醉

在月光下沉睡

昨日的梦乡

谁在遥远的地方呼唤

谁在我的心中徘徊

仲夏时节凝结的雪花

何时能够融化

飞蝶轻点着柳叶

鲜花装满竹篮

轻柔的纱裙浸润了雨丝的芳香

如水的流畅

再次转身凝望

那一朵已经消失的幻想

昨日的梦乡

色彩斑斓的季节

盛夏时分

是色彩斑斓的季节

那花朵

那绿色

那裙装

还有那阳光般的肤色

如彩绘

艳丽了蓝天

美丽了山泉

轻盈了河水

映照出七彩的明眸

弹奏出赏心悦目的诗歌

花儿成熟了

小草长高了

彩衣更鲜艳了

心

陶醉在你的目光里

陶醉在你潇洒的谈吐中

舒适的睡眠

广阔无限的空间

静静流淌的时光

浩瀚着几多幽情岁月

充斥了无数长吁短叹

茫茫的不是云海

是情欲无沿

朦胧的不是晨雾

是感情悠然

多少英雄感悟朝代剧变

与此同时

那般风流千古的红颜知己却渐行渐远

历史如烟

不言轮回

语阕沧桑

抒情的舞姿不过是优美的形体造型

其实只有舒适的睡眠

才能缓解不适的情绪

雨的叹息

并不在乎你是谁

也不想知道你来自哪里

或者离开这里以后又要到哪里去

只要你的爱纯洁如百合

洁白如珍珠

即使那爱像风一样短暂

像云一样飘动，我也会用双手接住

放入怀中

珍藏

当风吹过

当雨飘落

那时我就会想起你

在雨的叹息中

在风的歌声里

私语中的私语

春风带来了春意

秋雨告别了夏季

读不懂你

却也能像鸟儿一样潇洒地来又潇洒地离去

春夜里的表白

用错了词语

初夏的炎热未能触及冰河的凉爽之意

倚窗静观月色

细读苍白的述语

无色的意境

没有韵律的诗句

清晨

阳光下的表白

才能透露你真实的心意

才会读懂我那私语中的私语

流浪的心

有一颗流浪的心

就很难让人在一个地方久留

已经习惯了这种不十分安定的生活

可是却也羡慕有一个温暖家庭的女人

如果说生命随缘

那么

流浪人的缘就在旅途当中了

一路孤独地走来

默默地欢笑也曾默默地流泪

女人天生的软弱性格成就了所谓带泪的花朵的传说

又是一个充满欢声笑语的假日

又是一颗流浪的心向往远方的时候

花开又花落

粉色的樱花凋谢了

白色的野苹果花凋谢了

紫色的丁香花也快凋谢了

心中不免有几分失落和惆怅

因为这样的美丽

要到下一年春天才能见到

那些飘落在园中的花瓣

星星点点地点缀着心情

可是此时的失落感情毕竟不是悲伤

不必像林黛玉那样执著锄头挎着篮子去葬花

我愿那些飘然的花魂漫天飞舞

吟唱美丽和永恒

我愿她们随风而去

飞向任何地方

飞翔的天使

回到了这里
想得最多的还是那边膨胀的春意
这边刮风
那边下雨
青幽的山峦在远方静立

有一点心事
很想告诉你
有一个传说
讲述过去
有一个谜语
没有人能猜得到谜底
还有一个故事
始终没有结局

飞翔的天使
来了没有离去
留在心里
留在河里
留在甜蜜的果实里
留在神秘的幻想里

慵懒的农妇

在浓厚的春日气息里

愉快地与自己相处

堆积色彩拼图

繁衍出绿色的小路

感染了自己

也浓郁了幸福的心事

已经学会了坚强

独处

不让泪水流淌

在感情的土地上

做一个慵懒的农妇

栽种简单和快乐

不追求奢侈的辉煌

去收获纯真与梦想

燕儿来了

弹指挥间

沧海怡然

嫩绿的柳芽如期挂满枝头

在晨风中轻盈

那飘逸曼舞的是林间的薄雾

在花蕊上停留的是清澈的露珠

昨晚的雨水淋湿了草地

唤醒了沉睡的花季

如此轻松的季节

多么诱人的春雨

诗情倾拆爱恋

诗歌委婉回旋

燕儿来了

花儿开了

又见一个细雨中飘然而来的春季

温
柔
的
倾
诉

四月的繁花

青藤缠绕着屋脊

遮住了太阳

挡住了阳光

雨云飘过洒下长长的雨丝

沉重的雨滴

蚂蚁在堆积起来的土粒下躲避

蟋蟀停止了喘息

鱼儿爬上了小河

钓鱼的人收起了渔具

这样的时候

这样的天气

应该如何告诉你

已经被雨水淹没的情绪

四月的繁花

馥郁芬芳

四月的小雨

无声无息

用柳枝钓起河里的鱼

双手泼洒谷粒在田野上

峡谷里

放荡心情

相约桃李

只争朝夕

温柔的倾诉

怀旧风尚

在地球的中心

有一点磁光

自转出一个孤独的太阳

在热带雨林的深处

有一个月亮

辐射微弱的星光

黄沙大漠

沙海丘戈

偶尔也能见到几片绿洲

剔透的水滴遇到阳光

就能反射出炫丽的彩虹模样

美妙绝伦的气象

尽显远古的怀旧风尚

绝版的时装式样

揉合了东方之恋的秀美与绵长

我的世界很精彩

很容易被感动

特别是在感情上的真实与忠诚

到目前为止

还没有遇到这样的一个人

能让我因为他对我的爱

而被他所感动

我的世界很精彩

却缺乏一点点温柔的爱

我想要一片蓝天

却得到一朵云彩

一片带雨的云彩

是否存在一个完美的世界

是否存在一个完美的爱

如果有

我相信

一定不是在天国之外

羡慕相爱的情侣

感叹人心的冷暖

固执地走自己的路

直到路的尽头

如果可以有

允许有这样的一个尽头

安妮私语

如影随形

如何拥有地老天荒

怎样驱逐陈旧的思维

不完美的沉闷和刻板

爱慕虚荣

观赏美景

挥之不去的惰性

无可取代的优雅和自信

排演着一场不太美丽的约会

朝霞笼罩着回暖的大地

风儿与雨儿如影随形

如此逍遥的景色

在适当的季节妆点出原始的气氛

让心流连忘返

再生着快乐

编织着希望

在隐约的箫声里

间中传来鸟儿的鸣叫声

舍弃爱的彷徨

说出违心的话

并且假装坚强

可是肢体的语言已经泄露了心中的秘密

真情很难隐藏

眼睛是心灵之窗

早已转发了灵魂的愿望

来吧

告诉我你真实的思想

不要让虚伪在阳光下膨胀

带上你的理想

舍弃爱的彷徨

跟着真实的感情

与云一起

与鸟儿一起

与自由一起

去飞翔

童年的梦

在许多过去的日子里
每天早上太阳把我叫起
唤醒昨天的记忆
快乐和不太快乐的回忆
醒来
我沿着小路走下去
直到那座小小的木桥
一座童年的梦里经常出现的小桥
每次在那里都能看到与昨天不同的景色
每次太阳都在那里闪耀发光

孤独的桥
我的知己
我的伴侣
连接着我少女时的梦想和现实的感伤
在许多现在的日子里
我已经不再回到过去
在许多将来的日子里
我也不会再一次想起你

拥吻太阳

愿用超现实的作风描写人间的爱

想用醉生梦死的颓废表述恢复活力的光彩

雕琢铺砌缀满碎花的异国风情

崇尚自由奔放和我行我素的作风

向往长相厮守

素描光亮剔透的感情潮流

拍下充满诱惑的妩媚形象

抛弃左拥右抱的普遍习性

用彩笔绘出优美的线条

彩虹便在晴朗的天空上升起

拥吻太阳

无忧的花季

当我们年轻的时候
生活与现在完全不同
那天与你见面时
我们仿佛回到了从前
寂静的小路上
只有我和你
一切都消失在月色里
光影下
恍惚着少年的记忆

剪短的岁月
消失的光阴
让我们忽视了时光在心上刻下的烙印
在彼此脸上划过的痕迹
再一次回到过去
回到无忧的花季
在心里复制青春的美丽
与你
在这个春天的夜色里

早春时节

记得那些路边绿色的叶

粉色的花

还有你的笑脸

那么情意绵绵

此时

窗外的春雨在接近零度的气温里飘落

星星点点

点点星星

如花似雪

一个充满凉意的早晨

一个并不温暖的周末

于是

脱下春装

给心换上冬天的衣裳

暖暖的心带来一个甜蜜的感觉

充实了一个人的世界

倚窗远眺

静静地等待明媚的韶光

伏案读诗

收藏好来自东方的思念

在这样一个宁静的时候

就在这个花朵尚未绽放的早春时节

温柔的倾诉

烟雨缥缈

年轮上刻下了一个名字

心海里有一条小船

斑驳的树根铭记了永恒

春草秋木演变着短暂和无情

梦见了秋

却见不到雨

绘出了花朵

却不见飞舞的蝴蝶

优雅的骄傲

平凡的笑脸

蔓延着绿色的枝条

微妙的爱情

蹊跷的烦躁

雨中的思考

画架上的羽毛

此时

诗人想起了夜色中的霓虹灯

路灯下的烟雨缥缈

在这清凉的春雾里

我呼吸着雨水的气息

仿佛感受到你那双温柔的手

缠绵的拥抱

这一次

这一次就不要记住分手的原因

下一次

下一次就能明白曾经的相见如初

知道我对你的好

春之舞

认识容易

忘记难

爱不容易

不爱就更难

倩影于清风

晓月照涟漪

你的眼波

动似月光

静如月亮

瞬间的感悟

偶然的邂逅

就让两颗陌生的心

走近

没有不凋谢的花朵

没有不飘浮的云彩

没有静止的河流

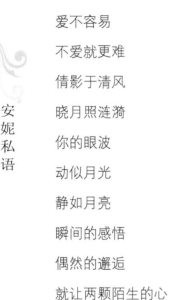

安妮私语

372

也没有传说中的永恒的爱

走吧

离开不再芳香的花朵

不再缠绵的情怀

不再深情的凝望

不再包含甜蜜微笑的眼光

几许冬之恋

几多春之舞

美丽尽在生活中

一颗崇拜爱的心

便是生命的永恒

温柔的倾诉

蓝色的幻想

雾霭轻扬透染了朝夕的狂妄

叶子逐渐茂密由翠绿转换成蓝色的幻想

陶醉在雨林的情趣里

忘却了故事里的忧伤

眼前的灿烂演绎着秀美的妩媚

天然性感的姿态淋漓尽致了浑然而成的概念

反复思考着一个简单的理由

如何说服你

人生的主题不是悠扬的幻想曲

也不是湖光月影中的瑟瑟箫声

淡淡情意

暧昧的感情如婚纱般轻柔

却无法看透那柔纱掩盖下的真实和丑陋

轻扬的春花

娇媚的彩霞

雨水的芳香

溪涧的狭长

可以解释河水东去的失落

却无法追赶四季轮回的轻狂

远方的漂泊

许是远方的漂泊

感动了上帝

让这洁白的雪花在春天里飞舞

带来你那曾经浪漫的爱意

许是上帝怜悯我的感伤

才让我思念你的心情与雪花一起融化

一曲阳春白雪

吟唱着清高的美

纯洁的爱

一枝桃花的暖意

表现了一树粉色的艳丽

一春桃李的魅力

燕子在树间歌唱

雪花在池畔闪亮

阳光在池水里绘出了一个完美太阳

午后野餐

面对永恒不离不弃

欣赏超凡脱俗的独特美丽

那轻盈淡彩的好似一件艺术品的生命

展现丰满水样的动人的美感

独爱你的一颦一笑充满自信的骄傲光彩

偶尔也记挂着叫人迷魂的青春元素

有时也会想起华丽高贵的闪亮光芒

以及在那风尘中带有几分冶艳的感情

还有

还有那充满回忆的午后野餐

怀旧的城堡宫殿

迷宫似的生命

多姿多彩的爱情

古老的诗歌

就这样记载了千年以来情的欢愉

爱的快乐

灵魂的样子

与你不期而遇在时间的隧道里

与你偶然相见在青葱的岁月中

秋与春的对话在峡谷里回旋

冬与夏的物语茌苒了落叶的季节

流星穿过夜空表现了物理运动

池水改变颜色却是微生物的杰作

在白天与黑夜的间隙里

可以看见一片浅蓝色的天

如果说灵魂有一个样子

那么我想，这应该就是

春的舞者

悄悄归来的春意于水中起舞

娇艳中带点哀愁

窗外飘落的春雨忧郁地呢喃着昨天的爱

述说着过期的情怀

如今盎然的春里浮动着感情的妙意

春的舞者带来美的气息

装饰了空白的心灵

净化了逐渐平静的心情

仍然思念着远方的你

只是这情如雨中的蝴蝶

无法写意飘然的美丽

轻轻地告诉你

在下一个雨季

如果这繁花再开

我会再来

与你一起看闻歌起舞的彩蝶

看那盛开的艳丽

多情的花雨

春暖花开的季节

浮躁的春风惊醒了谁的梦

渺茫的希望形容了谁的感情

漫长的岁月划过了谁的天空

匆匆的光阴又打扰了谁的心境

那浮冰在暖流里融化

这心海在寒冷的感情里结冰

你的沉默意味着什么

你的笑脸躲在花丛中

我不在乎那无情的岁月

你却感叹生命的短暂

你是否能够想起我

在每一个春暖花开的季节

太阳仍然升起

春华依然美丽

心情如云朵般的轻盈

花儿在阳光下再次绽放温柔的诗意

心里的秘密

慷慨地送你一片蓝天

留给自己一朵淡淡的云彩

温柔地送你一份爱意

却只盼望得到一个注视的目光

树枝上的海棠红润饱满

院中的野花娇小鲜艳

请你 请你不要望向那边

请你看着我的眼睛

告诉我是不是已经读懂了我心中的秘密

不必悄悄地叹息

也无需默默地自语

我知道你心中所想

也明白你的心意

追　寻

再给自己一次机会

在这个美艳的春天里

回到东方去

摘下面具露出真实的自己

燃烧热情

点亮蜡烛在黄昏时分

在午夜时刻

别让时光悄悄地流去

燃烧爱的岁月重复着年复一年的追寻

就让时光歌唱着老去

温
柔
的
倾
诉

感情的终结者

有一个想法却没有一个计划

有一张地图却没有旅行的愿望

燕子每年春天归来繁殖后代

小鸟年年筑巢为了美好的未来

小河在阳光下欢唱

为了奔向远方流入海洋

蒲公英在春天里开放

为了飞向远方

跟着春天去远航

走过青春驻足的地方

跟着童年的理想

追逐少年时的轻狂

实现一个梦想

让感情不再流浪

谁是最后的伴侣

哪里是永久的家乡

谁是感情的终结者

哪里有可以让心情飞翔的天堂

安妮私语

枫叶红了的时候

借我一双翅膀
在时空里飞翔
想象一双羽翼
在酣睡的梦里自由奔放
岁月的洪流
冲击着生命的小河
洗涤了陈年旧事
流淌着光阴里的诗歌

想起风雨飘摇的年华
没有忘记婆娑树影里的相遇
还记得风华正茂的时候
也没有忘记你留给我的那段纯情爱意
近乎完美的回忆

每年当枫叶红了的时候
当云朵飘过大海的时候
请记住
接受这个来自遥远的问候
请记住
有一条在大西洋岸边流动着的暖流

恋 曲

相见就在转身间

心曲回顾云烟

诚然温暖了荒凉的寂寞

春花盛开似浪漫的容颜

泉水顺流而下

落花随雨而戏

峡谷青山的淡雅风韵

送来轻佻的春季

祝福的美意

失去的是你的情意

不变的是我心中的恋曲

花瓣雨

花瓣似雪在空中飞舞

轻柔的叹息在晚风里逝去

茫然一片的海水上

朵朵白云在飘荡

你的情感好似云朵

恰似花瓣

展露千姿百态的风采

儒雅飘逸的美态

怡然不凡的神韵

清高厌俗的品位

如今这花瓣雨无奈的舞动着失落的美丽

那云彩仍然展示着高傲的情怀

或许当云沉重地落下

雨水再一次洗净风尘印记的时候

如初的你就会回来

温柔的倾诉

依然爱着你

给我一个理由

留在这里

给我一个理由

不要离去

虽然思念与缘分渐渐淡泊

但是今后无论你在哪里

我仍然还会想念你

时间悄然飞逝

信念依然在心里

特别的感情在心底回荡

一双冰凉的手

抚摸着过去的记忆

我不会再一次坠入情网

可是

可是我依然爱着你

结　局

是不是在等待这样一个结局

不需要多余的解释便能互相读懂彼此的心

是不是还在等待一个随意的感觉

不用太多的话语

陶然之情便能跃然心上

在感情的部落里

流浪者同是天涯沦落人

在未曾踏足过的土地上

谁能独领风骚获得真情

忘情地探索快乐指数

如丝步步

恍如严冬过后的侥幸者于春风中吹又生

慢节奏的诗律讽刺了晦涩的情感

与摇滚乐的狂放好似异曲同工

淑女的婀娜曲线惊艳了苍凉的荒漠

讲述着美与丑的天然之韵

以及无所谓应留下或是割舍的至理名言

多情的流浪者在叹息中仍然含情脉脉

花朵上的泪痕

花朵上的泪痕来自小雨的伤感

唇边的吻拂去了昨日的轻叹

握着你的手放在胸前

你是否感到一种近乎平静的心跳

海水与蓝天哪一个更蓝

天边与心底哪一个更遥远

答案不在白云里也不在海岸边

答案就在每一个人的基因里

就在 X 和 Y 的中间

绽　放

当只能远走不能高飞的时候

当情薄如蝉翼却无法穿透彼此心扉的时候

当爱轻柔如浮云矫揉造作的时候

当浮生充满奢华魅力心却徘徊在雪域高山的时候

花就会凋零

落叶即被践踏

迷离憔悴了情感

惘然朦胧了春天的娇艳

接住晶莹的雨滴放纵无畏的骄傲

任风吹散落叶

记住花儿终会再次绽放

在下一个春暖花开的季节

一朵孤独的云

这里很寂静

窗外阳光很明媚

天空如水一样的蓝

一朵孤独的云

点缀着这片海一样的天

潜藏在云里的伤感交织着春风与秋雾的无奈

静止了柔情雅致的心态

古典的情调如花似烟

萦绕着午后的气氛

静下一颗想你的心

在这个闲暇时分

聆听一曲心灵的寂静

看春在风中蓬勃生长的美景

那远处飞舞着地是花样的蝶

还是蝶样的花瓣

流　沙

沉淀在山谷的流沙

在一场洪水后来到了大海

在潮汐后淹没了沙滩

那一枚黯淡的月亮

柔柔的光轻浮在海岸

拥抱着虚幻

那串串脚印眩晕了夜色

纠缠着海浪

随后便消失在目光触及的地方

喧嚣的涛声

清凉的海水

怎如那翠谷青山

繁花柳岸

蓝色的心事

想象一个你

在心里

温暖如春

爱意甜蜜

描绘一个你

在纸上

用彩色的笔

记下你的笑意

写一首诗歌倾诉蓝色的心事

面对虚无和并不存在的你

流 浪

如晨露般的明眸在宁静中含蓄地望过来

带着醉人的笑颜淡漠的神态

那飞扬在风中的蒲公英

那芳草如故的河畔

那触摸着心灵的情趣和灵感

都在你的眼眸中飘散

听

风在轻唱

看

云在飘荡

忘记你的眼睛

忘记那些浪漫

明天

一个人继续去流浪

再见是朋友

淡淡的胭脂脱俗淡雅

散发着甜蜜和美丽

高贵典雅的气质大放异彩

凝结着空气

表现无穷的魅力

柔媚的风尚线条流利

轻盈的朦胧美态勾勒出心灵的婉约与优雅

依偎着感性的情怀

尽情地思索曾经与你度过的每一个娇媚的时刻

流畅的笔墨挥洒出原创的淡雅风格

自然与抽象轮回着感情的奔放与退缩

烦恼依然恒久

快乐在街旁相依着路人

纵有三千粉黛环绕

你却依然想念我给过你的温柔

再见是朋友

樱花树下

带着微笑向春天问好
带着腼腆的爱意
与你擦肩而过
就在街边的樱花树下
意想不到你竟停下了脚步
回首默望
若有所思
你最近好吗
你绽露灿烂的笑脸
就像一个天天见面的朋友

我极尽梦幻
却面色坦然
不想点破你的美意
我很好
就像以前一样
我立刻回答道
从你的目光里
我读到了我们的前缘
从我的美丽里
你见到了我们曾经的风情与浪漫

梦里花落知多少

梦里花落知多少
春雨多情润无声
悄悄地
悄悄地伸出畏缩在心灵里的爱的触角
怯怯地
怯怯地四处探望
柔软的是温情
坚硬的是环绕着温馨的水泥墙壁
热热的是眼眶里的泪水
冰凉的是一颗石头做成的心
春天怎么啦
无言也无情
花开了
很快又谢了
蒲公英也早早地离去飘向远方

这里只有冷酷的情感
冰冻的心
收回依然幼稚的爱的触角
挥去流淌在心中的泪
退回自己的世界沉睡
等待下一个春天带来的黎明

幽灵之子

那一抹晨风中的霞光

在春的方寸间浅露出舞者的风度

所谓纯粹的美感是风的故乡

雨的小巷

繁华退尽

幽灵欢唱

浅谷的寂静就醉了采集露水的蜻蜓

夏日的森林

淘气的孩子

皇城的街上

闲荡着一群孩子

阳光灿烂

天空很蓝

没有很多的汽车

没有窒息呼吸的污染

淘气的孩子们骑着脚踏车自由自在地玩耍

简简单单地长大

一场暴雨冲走了蓝天白云

来自西伯利亚的冷风呼啸而过

留下了荒芜的土地

我不是水手

我在路上行走

因为我不是水手

我经常迷失方向

因为我不是水手

尽管地球上的海洋大于陆地

我却不懂航海

因为我不是水手

浪花的色彩是传说中洁白的爱情之色

我曾经被浪花带到海底

因为我不是水手

玫瑰开放在花园里

有很多的颜色

哪朵玫瑰最美

我问海边的船长

他说

不要选择最美的那一朵玫瑰

如果你不是水手

生　命

从高楼上望下去

星星点点的车灯

挤满了公路

缓缓地移动着

好像银河系里的微波

人生的长河

生命其实很脆弱

从婴儿到暮年

从青春到衰老

只是瞬间的变换

看着病床上老人虚弱的躯体

回忆老人年轻时的模样

握着一双渐渐冷却的手

捕捉渐行渐远的脉搏

生命如一颗流星

落入了银河

画饼充饥

你在一张纸上画上幸福

那就是今生你对我的承诺

你指着湖中的倒映告诉我

那就是天上的月亮

一道道美丽的风景线

是你为我设置的一个个终点

我背负着沉重的诺言

在人生的路上

奔向大漠中的海市蜃楼

月光反射下的花园

婴儿的笑脸

依偎在母亲怀中的婴儿圆睁一双眼睛望着我

他天真的小脸

突然对我展现出一个十分灿烂的笑容

那甜美的笑

顿时把我带到了百花盛开的世界

有香甜果实的湖边

婴儿又伸出一只小小的手

紧紧地握住我的手指

不放

婴儿的笑脸仿佛明媚的太阳照亮了我的心扉

眼前春光灿烂

美丽湖光

当阳光在湖面上掠过的时候

花朵就在心中开放

美丽湖光不是倒影

是诗歌里的太阳

粼粼的水纹波动心绪

波动早春里雀跃的欢愉与陈旧的情殇

蜻蜓点水

又见微微的涟漪

水草轻摇

摇曳出往日的秋思

夏夜里的风骚

小雨在湖面溅起朵朵水花

心情便随小小的花朵来到春风依然的故居

那里有稚嫩的童音

有情窦初开的少女

还有小草下的蟋蟀和树梢上的知了

美丽的湖光在春雨里轻唱

在心中绘制出彩翼般的思绪

莲藕般恬淡的歌谣

温柔的倾诉

爱情的模样

望着你的眼睛

我看到了爱的模样

小草留恋泥土

大雁仰慕天空

我

喜欢你的眼睛

因为那是爱情的模样

略带醉意

冬寒吹落了花朵

春风带来了生机

青蛙孵化蝌蚪

蝴蝶略带醉意

挥挥手告别过去

送自己一个微笑

在春天里

你好吗

你在哪里

今天脸书中居住在哥伦比亚朋友的问候

仿佛一杯殷红的葡萄酒

让人略带醉意

你有多富有

你富有吗

在感情的世界里

你有多富有

在心灵深处

南美洲的金矿能否衡量你的财富

南非的钻石是否价值连城

抛弃那些石头吧

真正属于自己的只有爱情和生命

出卖自己

走过长长的山川

迈过条条江河

仰望珠穆朗玛峰的峰顶

采摘天山的雪莲

请不要出卖自己

作为感情的交换

美丽的女孩

天很大

地很宽

尊严重于生命

所以请不要再出卖自己

作为一个交换

春天里的候鸟

匆匆地飞过海洋

飞过群山

你煽动着滴血的翅膀

急急地赶回家园

啊，勇敢的小鸟

你从来都不会迷失方向

因为

因为融化在血液里的执著和眷恋

春天在呼唤

前方就是日夜思念的草原

你忘不了翠绿的小草

小草上的露水

露水上的蓝天

啊，不知疲倦的小鸟

你为了一滴春雨

等待了整整一个冬天

小雨里的麦田

静静地坐在窗前

心儿来到小雨中的麦田

慢慢地清理思绪

麦香渐渐飘散

跟着乌云奔跑

追逐闪电里的狂欢

白桦林合着雷声高唱

身边的麦穗抽打裙边

娇弱的女孩在田野上奔跑

瘦小的身影

消失在

麦田

少女的梦在小雨里延伸

在窗前闪现

伴着泪珠似的雨滴

小雨里的麦田

春天里飘来冬季的歌

雪花带着柔情飘在春天里

春风在浅谷中随意地来去

湖光山色回到心中

花开的日子

忧伤不再勾勒爱意

繁华褪尽

安静下来

曾经的往事已经不再催人泪下

被人喜爱是一种快乐

好像雪花的轻盈与凉爽

像你一样的恋人

是一首春天里飘来的冬季的歌

所谓伊人 在水一方

热　浪

　　从停车位到邮局门口不过一两分钟的路程，却已经感到了那超级热浪的威力。邮局里只有两个工作人员和我一个顾客，室内的温度凉爽舒适。邮寄了包裹后正准备离开，其中一个黑人女工作人员突然十分认真地说，如果你愿意可以留下来享受冷气，不收钱。我微笑着回答，谢谢你的好意，我想回家是更好的主意。

朋　友

　　唐纳是一个法裔加拿大人，是我很多年的朋友。许多年来，他用一颗爱心呵护着我，陪伴着我一路走来。他为我擦干眼泪，也用他独特的幽默让我欢笑。虽然现在我已经成熟了很多，不再是一个容易流泪的女人了，可是每当我有不开心的事还是会去找唐纳，唐纳特有的温柔和幽默，总是能让我在最短的时间里开怀大笑，烦恼全无。我很幸运能有这样一个知己，一个如此亲密的朋友。

台北郊外

　　今晨台北无雨，驱车上山后，才见细雨倾洒。山上，山澜环抱青山，绿水长流。继续前行更是车稀人少，云浓雨重。雾里一座吊桥横跨山涧，曲径通幽。与友人下车步行，任雨水打湿发髻衣衫，与云雾一起飘然山间，心悠闲。

所谓伊人 在水一方

温暖的冬季

　　雨还是那么多，天气却比往年寒冷一点，台北人在抱怨这个寒冷的冬季。放眼望去，台湾到处绿色茵茵，真不知道他们在抱怨什么。无风，无雪，无冰，连冬雨竟也下得如此温柔，怎能让人不爱恋这么温暖的台北的冬季。

冬天里的春意

　　冬天是台湾草莓红了的季节，直到五月都是草莓果香溢满的时期。沿着山林深处的小路，绿衣素裹的溪水，星星点点地布满草莓农场，那里艳红的草莓红透农庄。台湾的草莓十分甜美，饱满的果实让人垂涎欲滴。现在正是采草莓的季节，沿着溪水而去，在草莓的田园里尽享冬天里的春意。

所谓伊人　在水一方

冬季的台北

　　冬季的台北细雨蒙蒙，从酒店的房间望去，市中心的绿化园林碧绿娇艳，为灰色陈旧的台北市平添几分春色，只是因雨少了晨练的人们。凭窗远眺，海那边的大陆，你是否仍然在渡口翘首企盼，仍然在水边吟诗轻叹？可愿与我，在冬季，一起到台北来看雨！

安妮私语

安静的家

　　身处温暖如春的繁华都市香港，有时也会怀念海那边的幽静清闲，那个田园似的世界。当我对凡尘，浮华的烟云感到厌倦的时候，我便离开，回到自己的田园诗里去，过闲云野鹤的生活，给自己的心找一个安静的家。

色彩与阳光

多年前搬进这幢房子的时候，园里有很多竹子，因香港的气候温暖湿润，于是竹林茂密，青青地染绿了院墙，风吹竹舞，潇潇洒洒如鹤，如云，也别有一番闲情儒雅之风韵。我却不悦竹子的阴柔之骨，飘然之貌，也不喜其赋予人心之过多的抑郁，忧伤，我以为，竹常吟红楼潇湘，月光下的悲伤，于是，移去了满园的竹，栽种了色彩与阳光。

老 屋

一把生了锈的铁锁，锁住了落满灰尘的大门，青藤蛮横地覆盖着墙壁，鸟巢里的鸟儿竟然迷了路，忘记回来，怕是因那老屋的苍凉。一只田鼠并未离去，与我一起守候着，这寂静中的孤独。远处，一朵小野花在风中微笑，吐露优雅的靛蓝，轻点我的眼睛和心情。

屋后的小溪，因山雨的来临而浑浊了清澈，嘶哑了声音。你在等待谁人？山野问。我说，我也说不清。

山体滑动，老屋变成一堆丑陋的废墟，掩埋了青藤、记忆。我在哪里？哪里能够找到自己的天空？

天灰暗，许是落满了灰尘。善良的田鼠不喜欢藏在野草里的那包鼠药，搬去了田野。柔软的青藤硬硬地问，鸟儿可以飞翔，哪里是你的天空？

消失了，凄凉的风景，那座老屋也不会再站起来，只留记忆在风里飘动。

告别了已经凋谢的小野花，不回头，在旷野孤独行走。向远方问候，那片蔚蓝色的天空。

香港这几天降温

香港这几天降温，这里的人都穿上了厚厚的冬装，因为来自北美，我却感觉如沐春风。人的身体对温度很敏感，也有适应性，心呢？

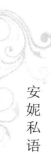

安妮私语

白色的百合

　　白色的百合是百合中的珍品，其貌与其香都在其它颜色的百合之上。而且在多伦多这里很难买到，偶尔获得一束便如获至宝。有时熟悉的花店有这花，也会打电话给我，并送上门来。在门外静静地等我回家的百合，即使在层层的包装下，也不失其典雅，矜持的风度。捧起百合花，香气四溢，那时便是这一天中最快乐的时候了。

所谓伊人　在水一方

圣诞夜

昨晚没有飘雪，却也丝毫不减圣诞夜的魅力。人们经过多日忙碌，精心准备，只为这夜，为了这充满亲情与圣洁之夜。日落之后，街上便冷清下来，只有三三两两的车辆疾驶而过，家家灯火明亮，其乐融融。教堂里传来平安夜崇拜的赞美诗歌，多么美丽，安详，感人的圣诞夜。

金发的年轻人

　　看到我在翻阅诗集，那个高个子，有一头金发的年轻人问我，喜欢诗？我抬起头，见到只有他和我在放有诗集的书架前。我也喜欢，他又说。为什么？我问。因为诗歌讲述爱情，生命和灵魂。他这样回答。确实如此，爱情，生命，灵魂就是诗人所要表达的情感，也是读诗人读诗的初衷。

所谓伊人　在水一方

芳香的月光

在夏季，院中曾被树荫环抱，蓝天亲吻的一池碧水，这时被冰雪覆盖着，窒息了鸟鸣花语，喜欢骚动扰人的乌鸦，此时竟也哑然无声。午后，忙中偷闲，在院中，阳光下，一杯咖啡，一份闲情，守望花香的缠绵。远方夜色里，可有花朵般芳香的月光？

安妮私语

月下的百合

　　经常在房中摆放几株百合花，喜其清淡，素雅，又花香满室。朋友来访也常抱拥着百合，走时留下的是一份温暖，甜蜜的花香。月下的百合，那百合应是别有一番风韵于心头吧。

经历一

那年，因为一个拍电影的计划，我和几个朋友开车去位于魁北克的蒙特利尔会见一位法国导演。经过近八个小时的行驶，终于到达了蒙特利尔市中心。在停车场停好车后，我们几个便兴致勃勃地去一家很有名气的小剧院见导演去了。

因为与导演很谈得来，所以很晚才离开剧院。当我们几个说说笑笑地回到停车场的时候，突然发现车子的玻璃窗已经被砸破，车厢里的行李全都不翼而飞，车子周围还洒满了玻璃碎片。见到这样的情景，我们顿时惊慌失措，哑口无言，互相瞪着眼睛不知如何是好。这时一个反映比较快的朋友忽然大声喊道："赶快打电话叫警察呀！"听到提醒，另一个反映稍快的朋友拨打了求救电话。

那天晚上，我们开着没有玻璃的汽车连夜返回了多伦多。第二天，每个人都患了感冒，一个星期大家都不能出门。至今想起那段经历我们仍然不寒而栗。

经历二

　　无独有偶，那年我买了一辆新车，因为当时正住在多伦多的一家酒店里，所以我的新车就停在酒店的停车场上。一个星期以后，有一天晚上我兴致勃勃地下楼想开车出去兜风，可是却发现我那辆漂亮的车已经不翼而飞了。不得已，我报警寻求帮助，可是警察也无能为力，只是无可奈何地对我说，你的车这时可能已经到了纽约了。为什么我的车一下子就跑到纽约去了呢？我不解地问道。那个警察瞪着眼睛看着我，好像在看一个白痴一样。

感　动

今天去一个办公室办点事，因为是星期六，所以那里很安静，除了我以外没有别的客人。接待我的先生是一个印度人，他非常和蔼也很耐心，虽然后来事情并未办成，但是在我临走的时候，那位印度先生突然像一个熟人一样对我说，你下次再来时，也许就是新的一年了，所以今天我想提前祝福你"圣诞快乐！新年快乐！"在这个远离故乡，又没有一个亲人的地方，一句亲切温暖的问候几乎让我感动得落下泪来。人生最大的幸福就是有一个美好的家庭，但是不幸的是，人生总是要面对悲欢离合，在一个人最寂寞的时候，一个陌生人的问候都能打动一颗孤独的心。

冬季的清香

　　无痕的白雪上，这时被画出了一道弯弯的月亮，那是铲雪工人的杰作，雪花依然轻柔地飘落，散发着冬季的清香。

冰雪中

　　这两天多伦多很冷，正在佛罗里达打高尔夫的朋友来电话说，那里阳光十分灿烂，让我赶快到那里去享受阳光。虽然很想念温暖的阳光，但是我还是选择了与雪花做伴，留在了冰雪中。

圣诞的夜晚

今天去书店买了几本有关家庭亲情的书和一张圣诞歌曲的光碟。今年又要一个人过圣诞节了，这些书和几首圣诞歌曲还有壁炉里的火焰将陪伴我度过圣诞的夜晚。

所谓伊人 在水一方

在巴黎一

在巴黎时，参观了几家古董店，那里的古董少数价廉物美，大多数物美价不廉，也有过冲动想买一两件古董带回去，可是又担心旧物品不干净，一不小心把鬼带回家。

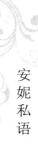

安妮私语

在巴黎二

那天，在法国巴黎的时候，一个人去看晚场的电影，好莱坞大片。

电影院里只有寥寥可数的几个人，虽然那时街上还有很多人，尤其是餐厅几乎家家客满，电影院里却是冷冷清清。

我匆匆地扫了一眼，一共看见九个人，包括我自己在内，而且我们中的大部分人都是独身前往，惟一的一对情侣样子的两个人，还都是男人。

巴黎也有如此多的寂寞吗！我一边低声感叹着一边坐进了一把血红色的椅子里。我把自己埋在血色里，周围的黑暗立刻吞噬了那让人兴奋的色彩。

伦敦的中东街

穿上一袭彩裙和伦敦的朋友在冷冷的晚风中，去伦敦的中东街吃晚饭。那里有我们喜欢的营养丰富的地中海美食。中东街顾名思义当然是中东人的所在地。

几年前，因为时差所以到了半夜才觉得饿，一个人跑到中东街吃饭。那里的中东男子们用看外星人的眼光看着我，其中一个还恶狠狠地质问我：你的丈夫呢？这么晚一个人跑出来！ 他竟敢用中东人的传统约束一个堂堂正正的中国女人！ 可是尽管我如此理直气壮，从那以后，我就不再一个人去中东街了。

在伦敦四季酒店

在伦敦四季酒店工作的西班牙人，很热情地帮我安排好了去阿姆斯特丹的机票和当地的酒店，而且还说，在我离开酒店去机场之前，一定会再来看我并道别。

巴塞罗那是这个西班牙人的故乡，所以他说他对阿姆斯特丹不感兴趣，只是滔滔不绝地给我讲述他的家乡，自豪中表达出对家乡的思念。

下星期，当我回到伦敦时，他说会帮我安排好在伦敦的住宿和回程的机票。

旅途中能遇到这样亲切善良，充满爱心的人，确实是一种幸运。人生又何尝不是如此呢？

赶飞机

在伦敦时，有一次坐出租车去机场。车是一辆老爷车，开起来有很大的声响，而且车里也没有空调设备。司机是一位白发苍苍的老人家，开起车来又慢又稳重，再加上那天伦敦的交通有问题，几乎全城的道路都堵塞，所以从市中心到机场竟然用了三个多小时的时间。我们的车像一只没头的"蝴蝶"，在大街小巷里转来转去寻找去机场的出路。那天的温度又是入夏以来最热的一天，有 32 摄氏度，在经过了漫长的旅途后，当我们的车终于到达机场的时候，我和老司机都已是汗如雨下。

进了机场，换下湿透的衣裙，因为晚点，又去改签下一次航班的机票，也是那天最后一班去阿姆斯特丹的航班，然后就立刻冲进休息室，喝水，喝水，那时我已经口渴得像一条离开水的鱼一样了。

在阿姆斯特丹

在阿姆斯特丹，自行车是很普遍的交通工具，我入乡随俗，也从酒店租了一辆自行车周游阿姆斯特丹市区。

酒店的工作人员一再叮嘱我，要小心汽车和摩托车，因为那些车不会"照顾"骑自行车的人，也不会在乎你的安全。所以要格外小心骑车。另外又嘱咐我必须记住把车锁好，而且前后车轮都要锁上，因为有些人会偷车，有些人却只想偷车轮。最后又加一句，这辆自行车很贵哟！听他嘱咐完毕，我追问一句，这辆自行车有没有导航系统。回答当然是否定句了。

阿姆斯特丹的奶酪

阿姆斯特丹的荷兰朋友对我说，荷兰的奶酪应该是世界上最好的奶酪！你看这里的奶牛看起来很健康，这里的草看起来也很绿，这里的天空有的时候也很蓝，所以荷兰的奶酪是最好的奶酪。

我的这个荷兰朋友接着又说，他自己从来不吃奶酪，从小到大没有品尝过一口奶酪。

伦敦少年

上个星期在伦敦的时候，就见到了那个十分干净的英国少年。夜色下，他安静地躺在睡袋里，手捧一本书阅读。这个看似无家可归的，气质不凡的少年，与街上其他的流浪者不一样，他并不在意从自己身旁走过的行人，身边也没有讨零钱的小盒子，在我观察他的那段时间里，他甚至连眼皮都没有抬一下，好像正在自己的卧房里一样。真是一个奇怪的少年！

今天回到伦敦又去看他，少年仍然在原地休息，仍然是同一个姿势，同一个神态。翻书的间隙，少年拿起枕边的可乐喝上一小口，然后又继续读书。

我很好奇，却又不愿擅自闯入别人的"卧房"。所以就把早已准备好的零钱放回口袋里，走开了。

这个少年其实更像一个离家出走的孩子，希望他能早日返回学校，那个更适合他的地方。

印度女人

今晚我和我的美国朋友又去了那家他认为是伦敦最好的印度餐馆吃晚饭，因为我的这个朋友长期在伦敦工作，所以对这里的情况比较了解。

这家小印度餐馆的主人是一个年轻的印度女人，她相貌清秀，肤色也较浅，第一次见到她的时候，她与我就好像一见如故，非常热情。

今晚又见到我时，她看上去有些惊讶，还有些兴奋。她说，怎么这么久没有见到你，我还以为你已经回加拿大去了。她边说边送给我一个热烈的拥抱。其实上个星期离开伦敦以前，我还在她那里吃过饭，见到了她。今天晚饭后，当我和我的朋友离开的时候，她又过来拥抱我，并且说，希望在我回加拿大以前还能再次见到我！这样的热情和友情不仅感动了我，也感动了我的美国朋友。可是今天想起来，我好像连她的名字都不知道。

画家卡罗特

　　明晚就要离开伦敦回加拿大了，今晚又去拜访我的波兰艺术家朋友卡罗纳。每次与卡罗纳相见，他都要求为我画像，这次也不例外。卡罗纳为我画了一幅素描，还是像往常一样不住口地称赞我有一张＂勇敢＂的面孔，并且不断地重复着他那句名言，＂面孔是心灵的镜子＂，有什么样的面孔就有什么样的心。卡罗纳还像往常一样，一边说一边画，而且每次都把我画成一个他认为特勇敢的那个种族的女人。上次卡罗纳把我画成了一个非洲的女人，这次他竟把我画成了一个美洲土著印第安女人。因为盛情难却，所以每次离开伦敦的时候，我都有一张崭新的面孔。在卡罗纳的眼里，我从来都不是一个真正的中国女人，也许卡罗纳认为中国女人不够勇敢吧。

北美的精灵

几日无雨且炎热，不似往日的夏季。月儿悬挂，夜色青黛，柔风吹来清凉的惬意。

忽然记起昨日的那只雨蝶，曾在裙边，发髻轻舞翩跹，自在从容。许多年里并未见过如此艳丽缤纷的蝴蝶，一时竟对它优雅飘然之灵气感到诧异。

南美的雨林才是雨蝶的故乡，这几经长途跋涉而到达北美的精灵，带来的又是怎样的消息。

骑脚踏车的乐趣

很久没有骑过脚踏车了。在阿姆斯特丹的时候，又重温了骑脚踏车的乐趣。最喜欢在夜色中享受风在耳边呼啸而过的感觉，以及路灯朦胧性感的光影。让自己沐浴在清爽的空气中，此时，便仿佛回到了少年时光，北京的街头。虽然还没有忘记骑车的技巧，却也有些生疏。摔了几次以后，除了裙摆撕裂，膝盖擦伤，脚趾甲翘起以外，并没有发生什么更可怕的意外。随后几天，也逐渐想起了如何使用车闸和车铃，而且骑车时竟也能如当地人一般风驰电掣了。

红灯区

雨轻轻地抚摸着我的脸庞，因为喜欢那清凉的感觉，所以仍然继续骑车，没有去躲雨。

这是午夜时分的阿姆斯特丹市区，行人仍然川流不息，灯红酒绿，无人在意正在飘落的雨。

自行车拐入一条小巷，灯光下，一座神圣的教堂耸立在街的右侧，左手可见灯光明亮的"橱窗"，前方一只黑猫正从我的车前跑过。

我匆匆地离开了闻名于世的阿姆斯特丹的红灯区，带着一个不解的疑团。

心灵的故乡

　　终于没有等到下一个冬天，在红叶灿烂飘零之前离去了。在与你同行的这一季节的轮回里，就少了秋与冬的美景，那丰收的季节和希望的冰雪。可我，还是要离开，因为不可奢求生命中并不属于自己的云朵。心灵的故乡只有一个，而那美丽的地方却是可遇不可求的。

所谓伊人　在水一方

春天里的快乐

春天刚到，两只美丽的小鸟就来到我家的大门上筑巢，生蛋，孵卵，育雏。时间在春天和鲜花的美景里慢慢地流淌。住在我家大门上面的鸟儿一家这时早已反客为主，霸占了房子的主要出入口。每当有人到来或离去时，鸟爸鸟妈都会毫不客气地发起攻击，仿佛自杀式炸弹，防不胜防，简直就像恐怖分子一样。每次出门前，我都要先确定鸟爸和鸟妈的位置，然后再以最快的速度冲出包围，躲避鸟儿的进攻。昨天出去给花儿浇水，为了自卫，带上了我家的狗儿一起去，可是当鸟儿气势汹汹地俯冲过来的时候，狗儿逃的比我还快，因此我险些被鸟儿伤到。哈，这样的"苦日子"还要过多久呢！

今天无雨

今天无雨，便与友人去阳明山洗温泉。那被叫做三二行馆的汤屋就坐落在山脚下，青山环抱的绿树丛中。日式的屋宇错落有致地点缀着山坡，庭院也是日式的庭院，整洁幽静，唯有院中潺潺的泉水轻松地吟唱。沿着石子铺成的小路，走进梨木雕花的大门，室内竟是色彩鲜艳的现代欧式设计，这室内室外截然不同的设计风格虽然不够流畅，却也彰显了设计师独特的构思。泡汤的汤屋虽然不太奢华，也还算舒适。据说这里的泉水水质极佳，曾为这间低调的温泉屋带来不少达官显贵和远方的客人。

青山绿水

　　台湾不仅民风淳朴，文化气息也甚浓。古典书法，现代艺术，民族风情，诗词水墨，无不渗透着生命回归的纯真，透视深藏于黄土之中的中华民族之魂。置身于墨曲、古韵、茶香，这近乎原始的宁静，便将心事暂且托付于青山绿水，心却化为一缕悠闲之情。

台湾的泉水

　　台湾的泉水久负盛名，清醇温暖的泉水从山林间缓缓地流出，滋润着这个秀丽的岛屿。因这泉水，森林翠绿，海水湛蓝；因这泉水，岛屿于宁静中蕴含着楚楚生机。许是因这泉水，岛上的女人竟水样的清秀，温柔。情系这水，这岛，来时，融进淡水蓝天，去时，轻揽一抹幽情。

所谓伊人　在水一方

451

雨

雨，在阳明山缠绕出神秘的意境，山风喃喃低语，仿佛吟唱着我们的几缕情思。心灵默语，祈祷这情，这缠绵，升华到最接近温美的人间。

安妮私语

插 花

春节，一束束别致的插花点缀出节日的气氛。插花优雅的造型，虽然没有未经雕塑的鲜花那般芬芳，也略逊色于鲜花的自然之韵，可是这天然和人造合为一体的美丽，却是春日花园里难得一见的。插花和谐的美感，平衡的韵律，好像一曲春天的交响乐奏响在冬日的小雨里。

烂漫的笑容

因为很怕听到单调的铃声，所以不愿打电话给你。那样的铃声好像在重复着拒绝的话语。我并不健谈，往往说得不如写的好听，所以，挥墨吟诗倒是不错的选择。淡然的感情有时瞬间升华为神圣的爱情，尤其是在春天里。那些纷乱的花影最是让人心动。还有柳荫月下的诗情渲染着清风依旧的荷塘，怎能不让人心动。垂帘半掩园中的春色，却未能遮住想你的心情。梦回处，有你山花烂漫般的笑容。

没有情人的情人节

　　每年的情人节都是一个人静静地度过，没有约会。读几首情诗，吃几粒巧克力，欣赏送给自己的玫瑰花，再听几首美妙的歌曲，竟也悠闲而甜蜜。因为一向喜欢自由自在，所以宁愿选择一个人的情人节。孤独？当然！也许有一天我会改变。情人节时，如果能有你在身边陪伴，我将会是多么的快乐！

所谓伊人 在水一方

北　京

　　静谧的午夜，路灯斑驳，彩灯光艳，我的车在新春的夜晚如一叶孤舟，寂静地划过车辆稀疏的小街。儿时的欢乐，青春的美丽，都在车窗前重现，甜美而忧伤。那颗璀璨的流星，不早不晚，在记忆中的小街上与我擦肩而过。久违了，北京，我的故乡！那条幽深的古巷，是我早已失去的家乡。

安妮私语

美人汤

美人汤，因那温泉水能使女人的肌肤更加娇嫩柔滑而得名，或许这便是台湾女子格外美丽的奥秘。那间俗称美人汤的汤屋还有一个雅致的名字，叫做璞石丽致。这间汤屋背山临水，从汤屋的窗望出去，便是清溪峡谷，山澜轻佻，风景似画。屋中间一个大大的盛满暖暖泉水的圆形樟木浴盆，散发着淡淡的香味。置身于此，我便极轻易地忘却了人间红尘，如梦如仙去了。

沉默是一种美德

　　沉默是一种美德，挑剔是一种游戏。太多的语言和太多的犹豫，带来不成熟的思想，无聊的稚气。每天，匆忙地起床，在闹钟的噪音里，剃须、洗漱，然后简单地填满空空的肚皮。然后，然后开车去上班，如果你有一辆车。堵车，迟到，于是你痛恨无情的指纹机器。睡觉、开会、上网、聊天、吃饭、下班、开车回家，再吃饭，一天就这样消失在苍茫的暮色里。然后快快地老去，才发现自己的人生原来充满了遗憾！生命究竟是什么？没有爱的生活只能这样过。一切源于选择，源于不懂什么是生活。

安妮私语

只有香如故

月　圆

叶黄河柳欢秋颜

月如弦

露水晶莹雨花灿

菊仙微醉还

秋雨下

梨花闲

蓬莱欢陶然

月下梳妆展笑颜

纤手画月圆

花 语

花语梦蝶

秋云萧条江水静

绿树苍茫

夜静空灵粉飘香

纵情鸿雁

却是秋风花不染

玉女娇颜

寂寞西湖倦倦澜

离 歌

山淡云暗
虫鸣音轻
红叶几点
瞰似娇容

萧瑟秋雨
轻霜初降
燕台沉寂
感伤悲凉

离歌一曲
岁月蹉跎
白鹭南飞
秋帆远尽

草木萧疏
香氛泪雨
倾心之恋
劝君莫忧伤

情 诗

情也去

心也去

秋叶红艳落花雨

山在云儿稀

留也思

去也思

情浅情深谁能知

晓月话情诗

湖　光

湖光妩媚诗情秀

江水陶然云消瘦

远眺听泉寻梦处

再笑烟雨下瀛洲

白玉莲

湖心晓月

映照暗香鱼影

小舟悠然

摇动水波轻轻

水草舞出静夜的思念

美目轻唤淡墨冉冉

荷叶翠绿涟漪清秀

诗情画意浸染白玉莲

安妮私语

彩　裙

阁楼双影若兰飘香

雨中观柳婀娜云裳

草堂掠影旧情依然

紫云初绽

峡谷沐青烟

静倚前廊夏夜还凉

月洒蓝光无名花漾

流水元曲晚霞东去

墨迹浸染

彩裙悦阑珊

只有香如故

467

船　歌

清梦风舞池塘静
流云浮水瞬间情
茂密草香唔知己
泉涌江流雨飞兮

文思怡然阙璀璨
静默诗语孕荷寒
盛赞娇艳情独特
翩跹花雨渡船歌

杏花入梦

一树春雨，风流夏季
一剪思念，映照山泉
暖江寒水，余音绕梁
旧梦新欢，漫舞飞天

古树繁花，闲歌轻语
含情如水，共舞风华
小桥春浅，柳枝柔软
杏花入梦，酒香满天

只有香如故

花娇艳

花娇艳

人娇颜

千朵浮萍湖水乱

水清香

情温婉

荷青倩影月光寒

润墨色

丹青染

蓦然回首云飘散

心流芳

意盎然

万缕情丝剪不断

红　尘

圣洁宛如羽衣云裳

雅静恰似冰清玉洁

蝶舞花音诗风古朴

佳人梦境潜入心扉

风韵染红情殇丛林

潺潺流水音清如箫

桃花轻舞茌苒风华

悠然痴情缓缓红尘

只有香如故

471

淡然一笑

素颜水影清丽余音
豆蔻年华蝉鸣草香
观赏荷塘流水静心
素描诗行满目春光

夏雨夜风清幽宁静
和谐星月静语田庄
舒展心花柔情似水
浪漫盎然不拘浅唱

柔丝绵绵缠绕心间
窗纱剪影沉浮蝶恋
忆少年
淡然一笑千愁断

风尘处

雕琢春水，浅抒情殇
静谧丹青，古朴荒凉
相思尽然，灵性流淌
醉了月光，新曲旧唱

低沉雅韵，青涩乐曲
山峦陡峭，溪水湍急
依偎扑朔，坠落迷离
舞曲平淡，烟消云散

吟咏低唱，醇酒喻花香
人去匆匆
淡漠风尘处瑶池塘

秋实年华

情丝彼此缠绕

思绪自由飞扬

感激神来之笔

重彩淡写轻描

真情记录韶光

峡谷回声荡漾

藤蔓悄然伸展

跨越扇形河滩

遥遥数里彩霞

却似秋实年华

风 情

凌乱的绿意

婀娜的嫣红

独赏水色连绵

素雅的裙衫

陶醉的娇艳

淡染水榭云天

清乐伴万象

斜阳沐亭阁

晓月才幽静

浴女吟晚歌

水漾鱼儿静

光影柳下风

夜露青黛色

琴韵满风情

春 色

花开无声却有色

春风无语水唱歌

几度春光几多雨

新绿鹅黄是春色

安妮私语

粼粼湖光

流云似水，柳叶随风
巫山云雨，情海波动
粼粼湖光，轻盈春梦
深沉山影，阑珊风情

清泉飞溅，花蕊舒展
粉红沃土，娇柔依然
春华气息，柔情蜜意
静夜月色，朗朗笑语

只有香如故

477

神 仙

舞动春风舞花情

深度陶醉浅语中

关关相应

几多雨

纤手卿卿绘画屏

飘曳情丝今夜雪

安逸梦境一神仙

异域风霜化诗语

盈盈喜悦冉春风

幽　静

一潭幽静

晓月风轻

春兰雅致

水榭映花庭

油菜稻香

红姑情长

欲语还羞

嫣笑俏西洲

一树浅绿

在香江
回首望北方
路遥情漫长
几时归故乡

小虫静卧花丛下
梦中露水化嫁妆
一树浅绿春归来
多日不见更逍遥

在香江
回首望情郎
赞几许欢颜
叹几屡花香

君在何方

半亩桃园

清秀水乡

草屋暮色

淡雨霞光

燕双藕连

情浓浅香

春意陶然

君在何方

只有香如故

墨香随笔

随意环游梦境里

墨香随笔

春慢慢岁华瞬间

人易老

心绪如烟

念故人

娇蝶不知春来处

敢问春风

彩笔绘屏

芙蓉影

再相见

西风细雨烟波醉灿星

落浮萍

雨色清寒花惊艳

窈窕芳草沐炊烟

相逢玉楼华发染

点点祥云雾远山

花魂瘦，柳枝秀

万树春光心上游

落浮萍

绿衣轻

一袖清香换春风

红笺寄语

水边城外

桃色青山

娇颜含露

顾盼云烟

大江东去

燕落船舱

静谧晓春

俏颜群芳

庭院飞絮

柳岸多情

红笺寄语

千载难逢

安妮私语

春歌一曲

纤腰风柳

翠竹杨花

晓光紫雀

悠然未嫁

冷香细雨

清露莲花

朱颜荏苒

娇红待嫁

春歌一曲

独醉廊下

只有香如故

小 船

小船宿水边
悄然望南山
湖光映水影
青鱼草下酣

小春时光暖
风来花影乱
青青柳下草
笑颜君不见

少年风华

昔日梦深岁月浓
少年风华下瀛洲
东风几屡春江月
乐舞湘江待泪流

芳草黄花艳春色
秦楼一曲情为歌
梨花不惧雨时节
调头歌罢绘千秋

春　香

闲看野塘读春香

绿影淡荷俏星光

深山不见云中鹤

一缕茶香醉情郎

安妮私语

春江月

燕醉屋檐

炊烟轻落霞光褐

小船倚岸

落日渔翁倦

夜下青莲

湖上春江月

谁轻叹

淡香馨艳

孤鹤寒春色

荷塘春暖

荷塘初暖

秋江微寒

谁道莫愁在春天

香江河畔

碧流东去花无奈

浊酒轻歌

独欢颜

邀君赏月

箫声瑟

塞外昭君也相怜

绿桃粉柳香尘落

一曲情歌赛神仙

安妮私语

千里共婵娟

展开一纸诗卷

素书香笺墨染青山

谁言人长久

千里共婵娟

月如残雪悬挂天边

今宵一醉三千年

唯有诗情伴枕边

月宫清闲

冷落了满目烟波

小舟离岸别有情愁

君离去

还长安

只有香如故

491

渔 火

孤独的心似水般的宁静
云样的坦然
雪中月下
独自倚窗远望

慢回首
清香消散
泪水又湿裙衫
夜静无声
晓月风韵犹存

寄相思于何方
今生今世
此处风满园
梦深时分桃花最浅
与谁荡舟月下竟无言

微寒的江水倒映寂寂的渔火
轻烟薄雾是淡然的心情
尘世暗度
春光几许
黄鹤送秋波

一帘春梦

品尝着酸甜

涟漪着粼粼的水暖

借一叶小舟

抒一帘春梦

风儿吹断脆弱的桅杆

稀疏的雪夜淡化一片浮生

似曾相识

小雨弯月澜澜如烟

今夜渡口独钓诗篇

蝶恋花

鱼静河清漂叶藻
话语音柔
一缕轻纱罩
湖上小船风下草
青芽河岸唱春晓

岁月光阴颜未老
年少情怡
年老花烛俏
梦境夜闻香色去
千年易逝情愁了

诗情美少年

春来花争艳

桃花笑姻缘

楼台月下影

素指画春蚕

长安幽思远

清香也缠绵

断桥弃流水

诗情美少年

只有香如故

思念依依

曾经的箫声纵歌在寂静的湖面

秋风寒雨袅袅炊烟

情归何方非一日之念

情深处便是一片彩虹

思念依依

大漠千里

人情淡薄春风也萧瑟

莫忘曾经琴悠扬

月下戏水是鸳鸯

情丝断

理还乱

秦淮河畔玉柳唤青山

虞美人

青山常绿河边草

蓝靛如青鸟

丹青一瓣笑桃花

静寂箫声月下

唤知了

春心花漫君情在

只恋月光曲

画金描粉馨香流

鸿雁双飞春雨

落街头

过眼云烟

所谓流年似水红尘轮回

只是一世光阴过眼烟云

恒守着孤单的自由

实为了恋人远在天边

芳心不老青郁山峦

情悠然

灿红颜

繁华俗世与我无关

绿 波

青山青

绿波绿

金鲤鱼

池中戏

白鹭轻盈伴祥云

静夜荷塘花带露

只有香如故

三台令

路人行色匆匆

桃花艳遇浮萍

晓春月光灿烂

摆尾雨鹊欢颜

安妮私语

江水东去

良辰易逝

草木见秋

岁月悠悠

江水东流

只有香如故

云水间

莫道人易老
情切恋光年
花容年年有
伊人丽水边

小河静谧桃花园
情郎心曲向南山
红裙绿袄素颜笑
俏丽乡姑云水间

往事少年

树影婆娑欲舞

楚河汉界西风

唱尽江水豪情

烟花云柳梦境

笑捻一枝翠竹

尘香袅袅依旧

流年秦楼一曲

往事少年悠悠

只有香如故

笑尘烟

风柔香细影自怜

暗把春愁送青山

雨花入梦舟离岸

待到春深孤雁还

一瓣素月灯花闲

方知寒雪笑尘烟

香魂追月嫦娥舞

良宵春梦遇酒仙

望春天

春颜初绽柳枝细软

冰肌凝香深院空叹

笙箫歌弦花无语

几度云烟

少年春闲林疏花繁

相思千里春花低转

几回缈缈星月残

醉醒情浅

美景芳菲烟消云散

望春天

湖光忧思梦遥远

愁容展

红唇细语白露粉黛

花谢再花开

古道悠长

今回首

又见古道悠长

风乱马蹄声响

三千岁月酒醉重阳

春色掩盖了秋的梦乡

青衫飘逸

作诗填词吟曲赏乐

暮色绿树霞光倩影

轻书卷上

琅琅星光

卿卿燕尔满目离愁沉月浴晚香

轩墨丹青夜阑人静

一弯新月胜似烛光

春意浅

未盎然

情如烟

广寒宫中素影羡婵娟

木兰花

情书墨迹

天涯一曲琴和韵

词阕抑扬

诗歌优雅怜情殇

咏春观燕

醉意洮砚浓青染

水清鱼游

荷塘月色映亭楼

只有香如故

孤　鹤

晨箫在新月下呜吟

玉芯焕发清香

幽芳水月独赏天涯

桑榆旧曲瘦影倚斜阳

嫣然一片瑞雪

那份晶莹的透彻胜似波光

一幕水帘溢过垂杨

串串水滴满目琳琅

娇燕酒醉

孤鹤妒鸳鸯

恋故乡

去年花落去
今春柳叶扬
春雨时节早
西窗落叶黄

客来桃花舞
秦歌燕成双
京城看春色
此处恋故乡

只有香如故

红　颜

春桃欲放冬雪飞

浪涛悠然催燕回

春风一袖花前舞

红颜切盼雀鸟归

安妮私语

香 雪

等待一个缥缈的约定

轻唤一个朦胧的名字

秋草几度凋谢

在香雪飘落的时节

春雨清幽春梦淡如愁

琼瑶峥嵘湖光山色春夜如秋

倩影白梅醉寒雁

羽箭数点射春寒

江水冬去

且留住

黄花飘香春光唤

袅袅乐曲庭院幽深

一襟粉黛愿君销魂

闺阁纤手揽风月

凤桥暮色画青釉

人依旧

双颊红，柳絮扬，江水悠悠钓春光

人倚窗，在天涯，云闲山远月光雅

落风阁，凤凰池，悄语轻歌舞烟霞

草屋近，江湖远，春水桃花淡青山

花嫣瘦，看春艳，满目清闲素裙衫

人依旧，春风然，良宵孤影看云烟

探红颜

春夜无眠枕清闲

孤独月下探红颜

千年即逝人长久

一片痴情叹阑珊

只有香如故

几许乡愁

垂柳素月，飞雨叹春
西楼依旧，几许乡愁

薄云轻歌，柳色天香
烟云影疏，花碎销魂

盈盈小莲，春意正浅
半掩桃面，沉吟轻歌

秋雨时节
问长安，容颜几时老
谁语，迤逦喻青山

兰 香

二月春来柳岸青

春燕报喜送君情

风调雨顺事如意

几朵兰香赋丹青

只有香如故

梦 乡

梦魂于香境里缠绵

幽岭中的雅意歌吟花萃诗心

翩翩清香风流梦里

雪花在热泪中消融

笛声飘落

树茎花草随舞

似神景的梦乡

春 水

春来风暖意窈窕

弯弯喜鹊桥

河水朗朗报春早

关关情歌谣

一曲春光相思浓

水乡望彩虹

青蛙梦里幻蝶舞

春水祭殇情

只有香如故

一帘幽梦

湖水青翠雨燕回

凝香水墨彩霞飞

春风寥寥花落去

一帘幽梦鹊鸟归

唐诗宋词赋元曲

秦王跃马探贵妃

大漠歌罢留青史

水调歌头滥觞皈

梦还乡

轻合美目粉颜香

玉兔俏丽唤春光

蝶舞鸟鸣花争艳

情欲清幽梦还乡

只有香如故

纤纤之手

纤纤之手，古律幽幽
荷塘露蔼，美人斟酒
薄绸良宵，异彩美妙
梨花妩媚，绿波月娇

轻吟馥郁，幻境香寐
池潭幽迷，桃花沁水
晶莹透彻，白雪高原
异彩美感，松馨仙韵
楚王祭文，灵气妙乐
云海画屏，鸣籁余声

荷 叶

荷叶浮塘

浓情素笺

眺望青山花娇艳

水中不见鱼儿游

月光湖里梦思幽

春来意暖

倩影江边

风笛轻佻情相恋

隔岸思君柳絮扬

一剪残酶迎春香

尘香飞

轻柔一茉莉
几瓣尘香飞
素颜书青燕
湖水映云天

花雨倾心阙
诗云静谧音
清漪话思念
月夜更缠绵

风情万种

清寂夜空
浮云倩影
墨浓花艳
浅吟痴情

月高不寐
春雨无声
梦里思幽
风情万种

轻舟一叶
柳岸听风
长安遥遥
眷恋君心

花落一朵

最是相思夜色青

孤灯独对满天星

月下泪叹钗头凤

花落一朵为谁情

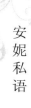

安妮私语

荷塘月色

燕子在叶落花开的季节风流

浮光掠影寂然无声

满园的浓红繁枝

涟漪的水塘荡漾优美的哀伤

荷塘月色白露清滢柳叶娇黄

异国的丁香萎谢了淡淡的桃红

玲珑的花蕊倚靠斜阳

稀疏的渔网钓去了一湖的歌

微纤的风帆抹去了残阳

唇边愉悦着痴情

露珠闪烁着妖娆

紫藤的香息凋谢了玉兰的情调

残花的体态败于黄土

荆棘遍野窒息了百灵的歌喉

夜莺徘徊荷塘边已经萎谢了的枯梢

梦之湖沉没了一座孤独的小岛

一朵晚霞

那一坛湖水悲凉了星的泪

海的呼啸变调了和暖的春风

湖心箫声余音惊醒荡舟人

软语飘飘渊源鸟的鸣音

纯净的湖水

沾露的青草

一朵晚霞如一粒红石榴在油灯的光环里发出淡淡的星光

西湖岸边的香闺温存了山中的喧嚣

半枝灵秀的花影在窗纱上媚笑

灵感云游于长亘

墨影舒展圣洁的思潮

湖韵

钟楼古风

池潭上的光与影

仿佛一朵低垂的睡莲

梦幻着痛苦与快乐

连绵的雨中

烟霞里

村姑采摘娇美的嫩芽

明月洒下恍惚一片醉后的惨白

在溢满馨香的墨池上

行云流水

粼粼的水波弥漫在月光里

行云流水的薄雾轻扬

摇曳多姿的春光在朝露里梳妆

凭窗远眺

一帘溪水闲暇而下

梦意在海色里观潮

丛芜

绿树

半壁老屋

雀儿在霞光斑驳的院落捕捉尘土里的蟋蟀

黄花上的蚂蚁

湖边的落日

温暖着水底的一条鱼

温柔的抚摸

轻盈几片云朵

一丝淡淡的烟波

风情几经花开花落

雨雾缭绕

在心中凝结成灵魂的诗歌

情感的共鸣波及万里长城

荡尽相思的悲痛

月下娇艳的花

再一次

又一次

寂静地等待与心灵的轻触

温柔的抚摸

小桥弯弯

红唇翘

风中笑

桃花一树好

烟雨缥缈青云曲

小桥弯弯月如轿

红衣衫

白裙袄

轻舟江边靠

柳枝青青意逍遥

翩翩幽情落眉梢

彩蝶飞

光在影中游
影在心里走
水下鱼儿睡
水上雀鸟回

春颜花前舞
醉吟彩蝶飞
酒尽人更艳
春风送郎归

只有香如故

流　水

几度明月升
香江叹无情
人来花落去
灿灯孤影清

思念风萧瑟
园中寂无声
小桥惜流水
朝暮与君行

一片相思

夜色轻佻吻燕山

弯月窈窕浮尘烟

冬雨倾洒润寒夜

一片相思落长安

问　候

遥寄一份深情

于寂静的夜空

花儿绽无声

皇宫角楼下的清流

带去我对你的问候

华灯在月光下闪耀

金水桥妩媚着纤腰

缥缈星穹

传来你的轻唤

遥遥对今宵

京 城

天清爽风温凉

京城月儿亮

无花也闻香

草木黄

星光淡

无雪飘花殇

冬将去

春水暖

江边望春光

淡妆扮

素裙扬

与君牵手叙情长

望长安

相思念念

情不断

乡 音

静夜思

月光照皇城

寒风叙柔情

灯火阑珊星光闪

倩影城中艳

情丝不断语乡音

委婉箫声寂夜空

临风远眺

轻展素容

盼君归

冬绿青青雀鸟飞
暗红池畔鸭戏水
白马俏丽风中乐
一抹夕阳溅清辉

春来冬去花开早
几曲情歌满酒杯
吟诗唱词若游仙
长安城外盼郎归

蝶 舞

蝶舞窗前翩如仙

柳絮随风春意浅

一洼池水漂浮云

燕舞花艳望青山

万缕情丝千年盼

墨青天蓝诗意暖

叹曰风情年年有

悠然棕榈笑无言

墨　汤

渔火在湖水上闪亮

黯淡了星光

轻摇双桨

让思念进入孤独的梦乡

那湖边垂柳的魅影

吟唱着一曲忧伤

夜色温柔地飘落

在身边

心上

柳絮轻软

舞动月光

舒袖挥毫

诗歌温婉

那一湖春水便是你的墨汤

一叶孤舟

瑶池依稀烟柳青

逍遥黄花倩影红

沧桑奈何年华逝

一叶孤舟江南行

竹花晕染湖边雪

月光如水照云青

安妮私语

知音桥

雨去风来露微寒

蓝觥碧玉赋青山

恰遇异乡知音桥

遥望青影吟春绚

柔情似水意如曲

舞罢方知星月残

只有香如故

一条翠绿的藤蔓

一条翠绿的藤蔓

连接着远山近海

一首动听的心曲回荡在田野河川

浩瀚的星海摇荡着一叶浮舟

清幽的夜色浸染湖泊雨岸

花

如心的喜悦

张开细蕊粉黛

心

如明月的温柔

倾洒晶莹的晨露

月入中秋色如水

两心相悦化阑珊

秋雨时节

一方净土

一缕韶光

一湖秋水

一片夕阳

你在山边的荷塘

挥毫赞美荷花的秀雅

荷叶的清凉

戏水的鱼儿惊扰了午睡的湖蟹

轻佻的彩蝶舞出秋末的美艳

偶尔的鸟鸣掠过湖面

风儿吹起你的长衫

吹去你眼中的遗憾

秋雨时节

远离了夏季的快乐

也淡漠了一枚月亮

一潭秋水

双眸凝视

隔着诗文

如露如云

剑舞楚风

浊水轻音

恋花蝶舞

咏叹风情

邂逅浮生

吟诗唐韵

一袭薄裙

几缕轻风

一弯曲径

一潭秋水

几绣幽情

粉红涟漪

曾于遥远听你读诗

歌声轻柔地飘过冰冻的小河

春的脚步声渐近

那一江春水东去

带上我的思念

远游

流经你的梦乡

恰遇

我梦中的那尾鱼

唐诗墨迹

轻轻地

你来又去

在你的诗里

冬季的暖风吹过

温柔如你的手

卷上的诗句

那么轻柔地拂过

淡描浓情爱意

委婉月光曲

我随你在诗文中穿行来去

游尽长安古乐

唐诗墨迹

情所以

心相惜

笛声俏

夜柔风弱鸟回巢

星光自逍遥

小楼静卧笛声俏

君赞女窈窕

轻扬淡眉鞠柳腰

伴君醉今宵

只有香如故

几朵芙蓉花

恋曲高雅和者寡

几朵芙蓉花

蝶儿静卧花丛下

雨滴轻轻洒

情歌一曲夜缠绵

勿笑寂花颜

轻掩珠帘花落去

与谁夜消闲

浅影明月

把你写给我的诗锁在心里

与思念相依相偎

如此

遥远的星光便近在咫尺

走进你的梦乡

让思念与月光相偎相依

如此

便能在湖水中遇到你对我的思念化作的浅影波纹

只有香如故

夜

夜帷幔

窥探月娇容

云淡雨轻轻

翘首远望

点点疏影

淡漠了荷花城

星光月色

哪一个更轻盈

挑灯默诵

情解通灵

安妮私语

心中的花园

你的诗歌是你心中的花园

吐露淡雅和忧伤

青瓷色的夜

皎洁的月光下

情歌委婉

花香千里长

引来彩蝶翩翩

艳舞在前廊

只有香如故

冬季的小雨

冬季的小雨

倾洒冰冷的忧伤

花朵如何绽放

祭冬雨

却为雪花飞扬

在眼前

也在心上

冬天过去便是春

莫悲伤

听雨于春

共欣赏

摇曳的翅膀

岁月伸展摇曳的双臂

触摸着红润的脸庞

几经春晓

却忘记青莲的娇艳

妖娆

岁月的精彩

不在于她的绵长

而是那双摇曳的翅膀

临风远眺

安妮私语

几时还

情清幽

就忘记了雨浓

心深处

一盏不灭的灯

轻舒展

心情

诗淡淡

任呼唤

几时还

只有香如故

送你一支歌

送你一支歌

吟唱千古的美丽

花儿蔓延

稀疏了沙漠戈壁

剪短蜡烛泪

只留烛光摇曳

不是为了你

而是为了我自己

安
妮
私
语

绿草青青

自语轻叹

就已幸福溢满

十指轻弹

抚摸妩媚的远山

峡谷间

绿草青青

河水蓝蓝

如我的欢愉

你的笑脸

只有香如故

诗中人

情纠缠

枕无眠

漫漫长夜尽思念

月光曲

鸟无声

花雨倾洒

心朦胧

诗中人

梦里寻

唐歌宋曲恋花魂

安妮私语

蓦然回首

轻盈地挥洒你的诗歌

我已经乱了心情

那诗句中的诱惑

便是我千梦追随的知己

找寻你

在蓝天上的白云里

在田野中的花蕊里

蓦然回首

你就在那诗词中

只有香如故

心相遇

心之相遇

乃知己

情之相恋

喻传奇

魂之相歌

倾惆怅

人之相伴

尽销魂

切记

切记

安妮私语

560

冬　灵

许是瑟瑟的冬灵带你远去

你忘记了回来

许是夜色淡染

不见粉荷月下

幽情翘盼

你如冬季的百灵

无声无息

刹那

随着箫声而去

你飞花落满的衣衫

你飞花落满的衣衫

凄然舞弄飘然无声的花瓣

风流着江南的烟雨

浅影遥遥

始怡然

安
妮
私
语

惊鸿一瞥

在哪里

那带着芳香的小雨

在哪里

那惊鸿一瞥的美丽

温婉撩人的眷恋

在字里行间清澈流转

临窗望

云影斑驳

若梦

黯然

轻呼唤于遥远

乡愁

蹒跚

只有香如故

余香荏苒

不愿惊扰

你幽密的梦乡

呢喃着幽怨的情长

轻歌于蜿蜒的梦境

共舞于烟波之荡漾

那不期而遇的璀璨

绚烂

一次次在梦中惊艳

余香荏苒

梦里唐朝

梦中唐朝

故里

一叶小舟

屋后

绿草茵茵的河畔

灵性起舞

彩蝶翩翩

皇城沐春风

泛舟双影

是谁

在那水边轻啼

是谁

于亘古

秦皇汉武之地

挥洒诗文

捧卷长啸

在心乡里相遇

在心乡里相遇

带着恬淡

郁郁的痕迹

那润泽的笔触

轻点着彼此的柔情

忧伤

轻语着

一份安然

温暖的美丽

洁白的羽毛

你相信轮回

我敬拜永恒

那转世的花殇

只能

再续怅惘

情与灵之永恒

没有淡漠

更无悲伤

只有洁白的羽翅

轻扬

一笑倾城

古筝悠悠

撩风情

于夜色

与烟雪

徐徐

栩栩

悱恻缠绵

觥错

醉吟

唯美着月光

轻折着羽翼

理乱情丝

一笑倾城

与之共舞

似云似雨

不曾想起

又怎能忘记

粼粼之倒影

在湖水

在河流

在清澈的小溪

水那方的相思

海这边的柔情

似云

似雨的轻盈

湿润了眼睛

就这样陶醉

就这样

惆怅

于远方

幽香淡淡

是谁的柔情

自枝头飘落

如花

如画

轻拂面

细语轻叹

却又万般缠绵

灵

赐予一双天使的翅膀

飞翔

等待

欲凡尘间

顾盼前世之嫣然

忘了尘烟几许

幽情淡淡

一叶温馨

情

飘然于风间

心便随之起舞

倾听

那来自唐朝的轻唤

委婉

清凉

若守望一片温馨

于风里

那便是此生的愉悦了

山谷间

不离不弃

世间寻觅幽幽

几多情

几分忧伤

匆匆然

轻叹息

嫣笑转身间

云于湛蓝

水于青山

你就在那山谷间

诗经的源头

诗经的源头

本已淡抹着一缕如丝的忧伤

吟诗

墨韵

从夏商至西周

再于唐朝之鼎盛

无不舒展诗之窈窕

词之丰满

也不乏千古之绝唱

那情与恋

交织

盘旋

依依相偎

一次次从源头再至曙光

感染群芳

无酒

醉心阅诗

无眠

伤感陈旧的情缘

不必

不必悲伤

在那神圣的地方

始终有爱恋你的目光

不必

不必悲伤

那诗

已在夜幕中悄然绽放

那情

已感染群芳

心随诗动

无情不诗

无伤不吟

人在性情之中难免叹息

多情

善感

世间的尘烟

旧歌新曲

无不让诗人倾情一抒

懂你者

泪之赞之

不懂者

迷茫

嗤之

何妨

心随诗动

情相舞

如你

如我如他

如她

多情的身影

倾尽蚕丝未获茧

悠悠岁月

无意逐歌

诗榷成

弹指间

赏读

倾心

轻叹

那一潭秋水

那一朵月光

这诗

这情

始于熟悉多情的身影

莲花的淡雅

莲花的淡雅

喻明月之情殇

自古情易逝

孔雀东南行

何谈欲沧海

相沫已悠情

只有香如故

心相聚

心相聚

何谓路遥远

诗相约

郁郁菲菲

古道绵长

叹尽头

终相遇

东方

西方

醉 了

醉了

那山谷中的

美轮美奂

忘了

忘了残夜幽幽

不必

不必感叹

那永恒的偶然

只有香如故

动人的精灵

是谁

那寒风中的背影

是谁

那文采横溢的心灵

指尖轻弹着

醉心的深情

轻歌着

流水般的波动

细语着

呢喃着

于静谧的夜色中

那淡雅

那柔情

飘浮在青青的山谷

也在那烟波里的黎明

守候着你

一个楚楚动人的精灵

缤纷的情感

那轻唤

深藏在清冷的小巷

那梦伴着心语流连忘返

那淡定的笑脸在寂静的清晨散发着忧伤与温婉

那缤纷的情感

在雪中绽放璀璨

只有香如故

织 梦

织梦

让漫漫长夜在梦乡的锦缎上轻轻地滑过

无声无痕

宛若飘浮的芳香

掠过微笑的脸庞

嫣然一笑

深藏

无语的凝望

轻吟

冬鸟之回声

雨巷幽深

淡抹着黯然之情丝

倾诉着小城之炊烟

嫣然一笑

诗画中

只有香如故

轻盈的美丽

游弋书画间

携着淡雅

柔情

与之轻舞

若有若无

微笑

几许含蓄

对你

对她

舒展轻盈的美丽

就在那里

也在这里

远去的箫声

很久不曾思念

叹息情为何物

远眺流光溢彩

怡然

漠然

远去的箫声

用那柔软的语调吟来

幽梦一帘

夜已垂暮

轻揽那缕寂寂月光

前夜，曾悬于东方

家家灯火闪烁

渐行渐远

浏览书卷

阅读寂静

心怡

安然

浅浅的

静静的

依依的

宛如故乡的小草

田野中的杜鹃

不愿惊扰幽梦一帘

安妮私语

感　悟

感悟

翩然之美丽

清晰之若无

淡然之从容

默默之相思

天涯之轻怜

祭坛之升华

轻叹

私语

怅然

为谁

梦断

忧伤

只有香如故

心静花开

夜

宁静清澈

凝视着清凉

相伴着草香

含情默语

任心情妙曼着轻盈的舞步

如醉如痴于深邃的意境

遥远的诗情

月上悬挂了一帘痴梦

一缕忧伤

灯火阑珊

心静花开

深塘浅影

深塘浅影蛙儿静

新荷旧藕湖水清

小船轻荡风吟曲

一首船歌悦芳心

千里情丝

千缕情丝万里行
化作花魂游梦境
累累相思喻花语
湖水静谧月光明

春　色

花开无声却有色

春风无语水唱歌

几度春光几多雨

鹅黄新绿是春色

只有香如故

梦　影

梦影在云中变幻

心情在雨中轻叹

想念缤纷的彩霞

遥望远方的青山

柔美的夜色光影

窈窕的淑女深情

高贵的华美惊艳

朦胧的月下湖畔

空旷的苍穹

无边的麦田

幽静的古墓

朗朗的欢颜

相信你从未走远

相信你一直就在眼前

长 安

长安竟然如此宁静

黄叶满地

冬季里并未轻易散去

一朵淡茉莉

衣香发逸

描诗吟情

低语应无声

秋 水

湖上明月

芳心温婉

又见秋水波如兰

朝露一朵

暗香盈盈

纱裙飘逸轻如云

洁白的莲花坐拥微笑

在秋夜里回味曾经的春潮

一缕情愁惊动梦乡里的秋歌

一声轻唤

唤醒即将冬眠的水草

情如花

情如花缠绵寒夜梦

凝眉纤影风骚苍穹

迢迢黄花瘦

皓月当空

孤舟魅影清

忧伤凋零

似冬雪

轻吻花心

香蕊寒枝绘丹青

海在轻叹

人隔海

情不断

夜色无边

谁

在海边轻叹

月无影

诗篇断

倾情讴歌

青丝眷恋

月儿又高悬

山影静立

海在轻叹

星光寒

倩影悄然立桥边

何日君相伴

渔翁垂钓

诗人之忧郁

写尽红尘哀伤

诗人之柔情游弋心上

浅洒轻叹已是泪光闪

冥冥中情已然

月静风寒

箫声近

古筝远

岁岁年年

岸

在哪边

何处垂柳更娇艳

蛙声静

鱼儿浅

月光似水

渔翁垂钓在水边

一片温柔

一片温柔

几分笑意

成就了一首恋曲

那温柔在红尘中漂浮

千年

从未被发现

直到那一天

你的出现

才馥郁了这温柔

在梦里和梦外之间

玉 壶

玉壶呈酒觥筹措

醇香飞

几许烟花燃

叙凄艳

寒露清

灯火阑珊

云赏羽翼飘然梦间

你就在那渡口边

只有香如故

云在山间

云在山间

雨在海边

阳光这般灿烂

此处之清幽

斑驳着艳光点点

携满悠闲

轻舞羽翼

回首望长安

又展诗卷

怡情字间

墨未干

君如面

美丽依然

雨润烟寒
俊秀老树
案上闻书香
西风古路
水墨南江
烟尘尽染美丽依然

夜来人未眠
善解诗中情
醉梦方醒
孤枕泪潇湘

谁说书中意
云霞散尽
青岩旷野谷草迷离
又言春宵意暖白鹤戏燕
旧影妙阑珊

又恰似几方素笺瑟瑟墨淡
与我无关
也有关

只有香如故

一声轻叹

一池春水

梦儿依旧

数千里的思念

自然有淡淡的乡愁

在深院夜下的花园里

你的笑容似有似无

在风里飘动

轻叹一声

含情脉脉

祝君好梦

香江东去

近午时分才从梦中醒来

惊见春光更胜昨日

花香落满床边

和风轻拂

韶光缭绕

疑似千年回转

古径幽深

听雨赏花心浪漫

掬一缕相思

叹一句秀语

闲云淡淡

暖香浅浅

香江东去忆少年

左岸是爱

四季轮回

轩墨染素笺

岁月流逝

幽情润笔尖

思念跃跃人憔悴

心太累

红颜易老情难老

花凋谢

彩云追月

流水轻回

任春风卷落日

苍茫云海你在哪边

左岸是爱

右岸是情

试问

谁在中间

彩格衬衫

彩格衬衫

如零散碎片

老藤依然轻柔地缠绕着穹顶和花园

点水蜻蜓

闻香起舞

轻歌红颜不薄命

青山几绿

柔情几季

随遇能安

飞花嫣然

独醒独醉独欢独恋

沉香更芬芳

来日叙方长

秦风大雅

就在是与不是之间

风雨缥缈之时

惆怅着一曲乱世之歌

悠扬着一首千古之恋

纤纤之手拂云轻弹

思恋琴瑟之好

炊烟扶摇

春光一瞬

醉曲逍遥

听秦风大雅

看花落谁家

秦歌凤翔

春慢慢地慢慢地走来
雨轻轻地轻轻地落入梦乡
山松偶尔轻叹
睡意渐凉

听风一度
花香竹鸣
晓月当空
又逢诗兴

娇唱一曲秦歌凤翔
流年孤芳顾盼春情拂纱窗

意在兰香

扫去眉宇间的忧伤

绽露心中的渴望

即使不笑

也能像春天般的性感

华山论剑

楚河云烟

吟诗赋词

意在兰香

夜静无人之时

皓月当空之景

念你凌霄之意

脉脉风情

日落春思云高燕远

相恋之遥

千里又千年

倾国倾城

如果这是缘分
那该是多么的静美
如果这不是缘分
那又能是什么
如此陶然的情愫
开在孤芳的心岸
香梢的顶端

妖娆的红蕊三三两两地轻点窗檐
莺啼欢愉了心底的靓丽
小桥边的荷叶浮花几许
粉颜娇面倾国倾城

倘若韶光能够比喻风华的魅力
为何不可嫣然一笑唱心曲
王者题诗惊醒千年的香梦
一首恋曲
几段秀语
这般妩媚
温暖伊人的心扉

丝绸之路

遥望丝绸之路的源头

驼铃叮咚

倾听丝路花雨的美妙

欲罢还愁

唐诗抒于长安城头

元曲逍遥在燕州

情恋桃花瘦

再望丝路无尽头

春温柔

雨花秀

风雅词韵

花前月下

窈窕淑女

君子好逑

千米荷塘

孤舍旁的千米荷塘

神秘蔚蓝的大西洋

寻找真爱

选择过去还是未来

这小船真美

与你想象的一样吗

乡林湖光似寓言中的美景

怡人的空间如梦幻宫殿

一些诱惑

唤回一点彷徨

许下的心愿

感动了自己心中的沧海蓝天

一抹心兰

几许思念

在你来的时候

灿烂千年

千年的守望

一抹清香点缀着幽静的夜晚

一缕情丝婉转了月亮的弧线

静谧的水墨淡雅如兰

你的思念在浮尘中倦倦地飘散

月下孤舟澜澜的湖岸

轻柔的水波温柔了河底的碎卵

箫声伴月在水乡江南

这样柔美的情

这样如醉的景

这千年的守望

却是我一路走来为之倾心的故乡

摘一朵春的小花

摘一朵春的小花

点缀心情

倚窗远望

哪里是故乡

读你

别来无恙

莫愁

语情殇

吟诗

舞墨

唐之欢歌

清之乐

闻书香

只有香如故

后　记

坦然面对淡淡的欢愉，浓浓的感伤，看青草绽露柔美，一如既往。在心灵最柔软的角落里播撒唯美的情思，瞬间的渺茫。山野中的泉水，隐隐显露浅绿的希望，退色的云裳闪烁着青涩的光芒。雨后的风韵里飘来晚霞的柔情，云水如丝，扶摇直上。勿忘擦肩而过的遗憾，燃烧风柱，雨滴，云朵，让潜意识中的羞涩和忧伤，感动你，感动心情，也感动自己。